DÉSAGRÉGÉ(E)

CHRISTOPHE ONO-DIT-BIOT

DÉSAGRÉGÉ(E)

PLON

Plon, 2000.

ISBN : 2-266-11391-7

A mes amis, attentivement.

« La fiction, c'est mener jusqu'au bout les logiques de la réalité. »

CONRAD.

« **Verseau** (20 janvier-18 février). On l'a déjà écrit, on recommence car on ne le dit pas assez : votre signe est l'un des plus complexes. Anticonformiste par Uranus, vous êtes aussi ancré dans des habitudes, parfois des certitudes par le côté fixe du signe. Le temps pour vous ? C'est pactiser avec votre fort idéalisme et les réalités du réel, pesantes. »

Un magazine pour dames, cet été-là.

1

Les raisons du pourquoi

La jeunesse n'aime pas les échecs, c'est bien connu. Il y ceux qui se tuent et il y a ceux qui tuent. Je suis de ces derniers, ceux qui ne croient pas à la volupté du fiasco.

On croit toujours les crimes passionnels liés à l'amour ou à la folie. J'ai vingt-trois ans. Je ne suis ni fou ni amoureux, encore moins amoureux fou. J'ai vingt-trois ans et je viens de rater mon agreg. Bien sûr, cela ne vous dira rien. Nous sommes une infime proportion de la nation estudiantine à passer ce type de saloperie, et parmi cette infime proportion, seuls 5 ou 6 % parviendront à rejoindre le Grand Corps. Comme pour la Marine au XVIIIe siècle.

Tous les abordages sont alors permis. Il y a plusieurs pavillons, de complaisance ou pas : Nanterre, Jussieu, Sorbonne III et IV. Il y a les prépas privées, et puis les gens comme moi, les pirates, ceux qui font l'assaut de toutes les facs à la recherche des meilleurs cours, à défaut des meilleurs coups. On n'est pas là pour le plaisir. Toi tu es trop jolie, je n'aurai pas tes cours, je le sais.

Et puis tu les prends mal, trop jolie pour être intelligente. On se croisera un jour en soirée mais là, excuse-moi, je suis ici pour affaires. Je te bannis de mes pensées, tu es trop jolie : c'est dangereux. Corsaire new-look, je mets mon sonar en action. Batteries en attente, sabords en alerte. Toi, tu es mignonne sans être jolie, tu as l'air gentille et fatiguée, et puis tu es seule. Regards cernés ; je te cerne.

Ecumeur écorcheur, en quête des meilleurs cours, ceux qui feront bander les jurys en juin, les Princes Électeurs, les Ci-Devant universitaires devant lesquels il faut briller, mais d'un éclat tout relatif. Le Grand Corps n'aime pas les astres trop lumineux. Agrégé veut dire, dans l'auguste langue latine : « dans le troupeau ». Ici, on cherche la meilleure laine. Obéir aux chiens de berger le soir, liberté surveillée. Tous au bercail, la même mangeoire. Transhumance obligatoire aux changements de saison. Attention aux bâtards. On veut de la race pure. Un cheptel génétiquement normatif. Chromosomes conformes et canoniques. Allèles récessifs ou dominants, pas d'autre alternative. Pas d'hétérodoxie : les *crossing-over* trop audacieux sont bannis du labo.

J'avais choisi d'en être : pour un an, enfant de la flibuste sorbonnicole. Boucanier à barbe de trois jours, à veste et yeux de velours, à ma propre solde. Hussard demi-solde, enrégimenté, pour trente heures par semaine, dans les respectablissimes armées de la Sorbonne, section Paris IV, à mon commandement, feu ! Feu dans la tête, pas dans les reins. Phantasmes à chaud mais regards congélos. On ne s'amuse pas à la Sorbonne.

J'ai échoué, et vous vous en foutez. L'agreg, ça ne vous dit rien. Vous vous en foutez.

Il y a eu le bug de l'an 2000, la vache folle et maintenant le Kosovo. Alors, putain, un jeune branleur qui vient de rater ce que vous ne prenez que pour un vague diplôme, vous vous en souciez comme de l'an quarante.

Vingt-trois ans peuvent vous paraître bien jeune, presque prépubère, pour vous messieurs et vous, mesdames, grands fouteurs et grandes fouteuses devant l'Eternel. Permettez-moi de ne pas penser la même chose que vous. On a beau aimer faire le pirate, s'improviser Surcouf d'amphithéâtre, et avoir des choses à dire, des projets à confier.

On n'a pas tant de temps que ça, à vingt-trois ans. Alors, me retaper une année comme celle-là, merci. J'ai d'autres cartouches à brûler. Le bachotage me tue. Les concours me trucident.

J'ai raté mon agreg. Pour tout vous dire, je suis le premier collé. Vous me murmurerez à l'oreille : « Il faut bien être premier quelque part. » Je vous remercierai alors poliment, avant de vous coller mon poing énervé en travers des fosses nasales. KO vous serez, OK je serai. Du moins soulagé.

J'ai raté mon agreg et l'ennui, c'est que mon meilleur pote, Arthur, l'a décrochée, cette putain d'agreg. Il y a des choses qui froissent. Qui froissent vraiment.

Je suis quelqu'un de résolu. Bien sûr, il m'arrive d'hésiter (veste de velours côtelé, ou frappé ? noire, ou bleu nuit ? Porto ou Martini ? Caroline ou Virginie ? sur le dos ou sur le ventre ?), mais je finis toujours par prendre le parti de l'action.

C'est là qu'elle arrive, l'action.

Le premier collé, dans un concours, possède un privilège qui peut se révéler une chance inouïe.

Démonstration :

Cédric et Hélène sortent ensemble depuis des années. Ils s'aiment et leurs familles, de confession similaire, de droite ultralibérale toutes deux, s'apprécient mutuellement. Le mariage ne verra pas d'obstacle majeur, et le prêtre bénisseur de l'union est déjà choisi. Cédric et Hélène viennent de décrocher l'agreg. Les tourtereaux, dès lors, voient leur avenir professionnel leur sourire d'un bel œil. Cédric et Hélène, pour fêter ça, se voient offrir un voyage en Italie par leurs parents respectifs. Là-bas, parmi les splendeurs de la Renaissance, les joyaux de la Toscane et les délicieux marécages de Vénétie, ils en profitent pour s'initier aux joies de l'amour physique. En effet, il y avait Claude Simon au programme cette année, et chez Claude Simon, on baise et on baise bien. D'ailleurs, les choses ont évolué depuis le Moyen Age, même dans les familles ultraconservatrices. Cédric et Hélène découvrent donc les joies du missionnaire et encore du missionnaire. Ils louent même une petite Fiat, même si l'on y est un peu à l'étroit pour le missionnaire. Et là, manque de bol. Lors d'une promenade amoureuse, la petite Fiat choit dans un ravin et de nos deux tourtereaux agrégés ne reste plus qu'un couple calciné.

Bingo ! Ce couple calciné se retrouve, par un coup de baguette magique de la Fée Administrative, sise dans son château de la rue de Châteaudun, changé en deux places vacantes. Les deux premiers recalés sont alors promus agrégés.

Mais voilà, peut-on compter sur un accident ? Non, à moins, certes, d'y prendre part, d'en être l'avisé concepteur.

Je viens de prendre une décision.

PRIMO :

J'appartiens à la génération cynique et blasée de ceux qui ont eu vingt ans au milieu des années 90.

J'ai la clairvoyance de ceux pour qui « scrupule » est une notion caduque, antique presque.

Je refuse l'échec.

Je n'aime pas travailler pour rien.

J'ai besoin de me défouler, de restaurer une créativité qui bat de l'aile.

J'aime les vacances pimentées.

SECUNDO :

Arthur a besoin de nouveau.

L'agreg, c'est mauvais pour lui. C'est un garçon trop régulier, qui se serait « englué » dans la carrière universitaire. Il a besoin d'imprévu. Ce sera d'ailleurs une tâche utilitaire, en somme, motivée par la conscience que tout ceci se fait pour son bien. Une autre chose aussi, une chose de poids : Arthur est mon ami. Les amis, c'est l'une des seules choses que l'on se choisit : on a donc des droits sur ses amis. De plus, l'amitié, aujourd'hui, on ne sait plus ce que c'est. On va aux mêmes fêtes, on se tape parfois les mêmes filles, on s'embête mutuellement avec des histoires sans intérêt. Moi, je vais restaurer l'amitié à l'antique : pas celle des anniversaires surprises, qui ne sont qu'une occasion de faire la fête sur le dos de votre pote. Je parle de la véritable amitié, celle qui se noue et se dénoue dans le sang. Je ne sais plus qui disait qu'il n'y avait pas d'amour, mais seulement des preuves d'amour. Ça doit être pareil avec l'amitié. Je vais lui donner une sacrée preuve d'amitié. Radicale, je dirais, et puis avant tout un bel été. Un été d'enfer.

J'ai raté l'agrégation à un demi-point et l'ennui c'est que Arthur, mon meilleur pote, l'a eue. C'est difficile à digérer. Plus difficile que je croyais. J'ai envie de récupérer sa place. Je vais assassiner mon meilleur pote, et par là même, organiser sa libération existentielle.

2

Un soir d'échec et son lendemain

— Pas trop déçu, César ?

C'est cette petite salope de Caro qui me demande ça. Elle aussi a raté, mais elle n'avait pas mon brio, mon intelligence de bête à concours. Ce que d'aucuns appellent : ma capacité à faire le fils de pute.

C'était dans une fête et j'étais déjà passablement défoncé. Tout problème a son éphémère solution. Pour moi, c'est toujours le salut dans le porto. Vive le Portugal. C'était dans une fête. Une petite sauterie bien parisienne, où finalement tu ne sautes personne parce que toutes celles qui sont là, tu les connais par corps, et que ceux qui sont là, tu n'es pas assez converti ou inverti, qu'importe, pour passer un bout de nuit avec eux. Une petite sauterie sorbonnarde, où les filles de famille ne te déclencheront pas la plus infime envie, même nues en talons aiguilles, même une perche de métal entre les cuisses sous un éclairage violet. *No way* : vous n'avez pas envie ou vous n'avez pas assez pris de trucs pour avoir envie. Vous êtes un jeune homme idéaliste.

Julie est la fille la plus intelligente qu'il m'ait été donné de rencontrer dans mes chères parisiennes études. Julie travaille sur l'onanisme. Le plus sérieusement du monde. Ce soir-là, Julie est un peu tendue et l'alcool n'y fait rien. Julie vient aussi de rater son agreg.

— Fait chier César, tout ça pour rien. Merde, pourquoi pas nous ?

Nous sommes côte à côte, affalés sur un grand canapé blanc. Je réponds :

— Pourquoi pas moi, plutôt. T'as rien foutu de l'année ; tu sais, l'agreg, ça se mérite...

Julie s'étrangle avec son Baileys. Une mousse crème orne sa lèvre supérieure. Elle me toise :

— Espèce d'enflure, remonte-moi le moral pendant que tu y es.

— Arrête ! Regarde Annaïs, elle s'en fout.

Annaïs est une grande rousse aux seins en poire, que j'aime beaucoup et avec qui il m'a été donné de coucher il y a quelques semaines. Le problème, c'est que Julie ne le sait pas et que Julie vit avec Annaïs, qu'elles couchent même ensemble quelquefois. Mais on n'est pas là pour faire de la morale, pas vrai ?

Annaïs danse fiévreusement. Elle porte un haut noir Armani et une longue jupe moirée de chez Colette, une jupe argentée qui descend juste sous les genoux. Des talons hauts et de l'allure. Très sexy. Annaïs danse avec Julien, un de ces types qui peuplent nos soirées, n'invite jamais une fille et tente tant bien que mal — souvent c'est mal —

de se brancher une petite lettreuse. Ça fait toujours bien, dans les soirées d'écoles de commerce, de ramener une nana sexy qui parle de hip-hop et de Roland Barthes.

— Arrête tes conneries.

C'est Julie qui continue à parler, parvenue en un rien de temps aux lisières du territoire de la Défonce. J'ai oublié qu'elle était sous anxiolytiques. Avec l'alcool, ce n'est pas idéal pour garder toute sa lucidité. Elle me lance un de ses regards sur-khôlés.

— Arrête, César, tu sais bien ce qu'on en pense tous les deux. Nous, on en avait l'étoffe.

— T'as peut-être raison, mais moi je suis le premier collé. Toi, t'es à trente points.

Je me suis levé au moment où elle me lançait quelque chose que je n'ai pas jugé bon d'encaisser. Verre de Baileys ou insulte, *no sé*. Arthur venait d'arriver et je voulais rendre hommage au vainqueur. Baigner un peu dans son aura. Are Krishna.

Arthur a eu la pudeur de ne pas me demander comment ça allait. J'ai trouvé ça chouette, et l'ai félicité presque sans arrière-pensées. Bien sûr, il est arrivé comme d'habitude avec sa charmante. Une fille bien. Suave à l'extérieur, mère supérieure à l'intérieur. Six ans qu'ils sont ensemble. La même table de chevet des deux côtés du grand lit. La liberté, Arthur l'a perdue à dix-huit ans. En fait, elle n'y est pour rien. C'est aussi lui qui l'a choisie. C'est en lui que le problème réside. Heureusement que je suis là. Saint César soit loué.

Pour accélérer les choses. Liberté à outrance. C'est moi qui paie la caution.

Arthur cherchait quelqu'un des yeux. Il a l'air brusquement inquiet. L'agreg ne résout pas tout. Il ne faut pas croire. Son regard tourmenté fait le tour de l'appartement. Mais il y a toujours des angles morts. Et je sais ce qui se passe *du côté de chez Swann*.

Swann, c'est un endroit du couloir qui forme une petite alcôve. Nous l'avons peuplé de notre propre mythologie. Nous en avons fait un coin de légende. J'y ai de très bons souvenirs. En fait, il y a le petit coin, et il y a *Swann*.

— Tu cherches Chloé ?

La question est perfide. Il pique un fard sous sa barbe de trois jours, ce qui signifie, chez Arthur, l'état de pilosité d'un rescapé du radeau de la Méduse. Il accepte sans discuter le verre que je lui tends, un mélange de ma confection que j'ai appelé « L'Enervé », une sorte de diesel merveilleux à écluser, et qui donne de merveilleuses couleurs à votre estomac.

— Elle devait venir, non ? Elle t'a dit qu'elle venait ?

— Ouais mais tu sais, c'était peut-être pas une bonne idée de venir avec ton... épouse.

Il a souri et puis il a répondu :

— Tu crois que j'ai choisi ?

C'est tout lui, ça. Une souveraine incapacité à secouer le joug. La faute des autres, tout le temps. Un manque de nerfs, tout ça. Je l'adore, Arthur, mais je l'adorerais davantage un peu plus fort. Le whisky bonifie avec l'âge ; chez les êtres humains, c'est ce qu'on a vécu qui compte. Voilà pourquoi on parle de « vieux cons »...

— Elle est là-bas, *du côté de chez Swann*...

Il a eu l'air interloqué :

— Seule ?

— Tu crois qu'on y va seul, *du côté de chez Swann* ?

Il ne pouvait pas y aller. Marion était revenue lui mettre le grappin dessus. Un grappin de velours qui ne lui avait pas déplu pendant six ans. J'y suis allé, parce que aux tons noirs qu'avait pris son regard, j'avais compris qu'il commençait à s'inquiéter qu'un autre type jette son dévolu sur celle qui était, pour tout le monde ici, sa maîtresse. Mais voilà, la maîtresse en question commençait à en avoir plus qu'assez de ce statut. Elle l'aimait, mais exigeait. C'est là que le jeu se corsait pour Arthur. Pris en étau dans les contradictions d'une semi-clandestinité, il risquait de perdre les deux s'il continuait à jouer au con. Tout cela était bien triste, mais encore une fois, on était là pour agir et pas pour faire de la morale. Il y a les jurys d'agreg pour ça.

J'ai revêtu mon plus beau sourire.

— Ça va Chloé ? Attention, tu connais la réputation de l'endroit...

Elle a eu l'air gênée, l'ingénue.

— Je te dérange, peut-être ?

Le Sollers modern-style qui se tenait là, bague à l'annulaire gauche et trois-quarts cuir râpé aux coudes, cheveux très courts, plus vieux que son âge, esquissa un mouvement de protestation.

— Non, dit-elle, on parlait et...

— Non, je vois que je te gêne. Au fait, Arthur est là.

L'apprenti-Sollers s'est dit que c'était râpé. Je les ai laissés, j'ai embrassé Chloé dans le cou, passé une main sous son sein droit. Un beau volume de jeu. Elle s'est reculée, s'exposant à la lumière. Je me suis évanoui ; Arthur s'est approché.

La musique explosait. Il n'y avait plus que des silhouettes en mouvement, de petites lucioles dans la nuit sonore. Le charme de l'excès dans des cerveaux et des corps à l'unisson. Les uns s'enivraient dans le succès, les autres se livraient à la saveur de l'amertume, avec un masochisme de bon aloi.

Julie comatait, yeux sur-khôlés braqués sur l'inanité de toute chose. C'était Air, *Kelly watch the stars*.

Julie a raqué pour le taxi. C'est elle qui a insisté.

J'ai tourné la clef dans la serrure sans le moindre respect. Elle a gémi. S'est entrebâillée. Puis grande ouverte. Même l'idéalisme se brade. Ça devait finir comme ça. Les perdants se consolent toujours entre eux. Dans un tournoi de foot, on appelle ça « la consolante ».

Ensuite elle a retrouvé ses esprits. On était sur le dos, notre tête partageait le seul oreiller que je possédais. Nos corps formaient un angle obtus. Ses seins lourds s'étalaient sur son torse de beauté archaïque. Avec la télécommande — la seule chose high tech que je possède — j'ai fait tourner sur la platine le disque que j'écoute en ce moment,

This is Hardcore de Pulp, je crois, pendant qu'elle tirait de sa Silk Cut King Size de longues bouffées fuligineuses qui spiralaient au-dessus de nos têtes lassées par un plaisir devenu systématique. Une tasse de mauvaise porcelaine servait de cendrier.

It seems I saw you in some teenage wet dream
I like your get-up if you know what I mean

— Ça te fait quoi, Julie, de coucher avec un loser ?

— César, je t'en prie.

Elle s'est tournée vers moi. Les seins ont roulé sur son torse. Charnel roulis.

— De toute façon, fait-elle, on est bon pour recommencer.

— A baiser ?

Elle m'a dit que je n'étais qu'un pauvre con, qu'elle parlait de l'agreg.

L'agreg, le « Sésame ouvre-toi » des grandes carrières. Qui met en branle la pythie. Comme pour se donner du courage, elle m'a souri.

— N'y pense plus. On s'en fout, j'ai dit.

J'ai fait couler une main le long de ses hanches lyriformes. Ses yeux verts — les Grecs auraient dit *glauques* — à la pupille éclatée m'ont fixé longuement. Ce n'était pas une promesse mais l'exigence d'un dû.

Nous avons refait l'amour lentement, sans folie, parce qu'on ne nous le faisait plus, à nous, le coup de l'amour-passion. Quelque chose avait révolutionné en nous, depuis la sacro-sainte adolescence. Un truc mallarméen. Pour l'école de la chair, nous étions d'anciens élèves. Il s'agissait d'oublier, présentement et surtout *méthodiquement*, un échec cuisant. De déplacer l'aire de souffrance du cerveau aux synapses les plus extrêmes. Tuer les sentiments à coups de sensations.

Elle m'amena sans chaleur, mais avec une précision chirurgicale, au bord du gouffre. Je guidais mes gestes avec une égale maîtrise. Il pleuvait dehors et nous étions au chaud. Jarvis Cocker murmurait plutôt qu'il ne chantait et nous allions connaître de concert le dernier mouvement d'une symphonie fort bien exécutée. C'était déjà ça : un succédané de ciel était désormais tangible. Il apparut, l'espace d'un instant.

Ma première nuit post-agreg eut donc l'amertume des nuits sur lesquelles il ne vaut mieux pas s'illusionner. Il fallait bien se rattraper du côté de la vie. La sonnerie du téléphone me rappela aux réalités de la civilisation, après cette incursion de l'archaïque. C'était Arthur. Onze heures et demie du matin.

— Bien dormi ?

Et puis, sans attendre la réponse :

— Ça serait bien qu'on se voie. Marion se casse chez ses parents. Je reste un peu à Paris, histoire de claquer de la thune.

Arthur n'était pas le prince de la délicatesse. Loin de là, même.

— Arthur, je suis fauché.

La réponse fut laconique.

— Je t'en prêterai.

Amères délices de l'amitié... On convint de se retrouver deux heures plus tard.

Intermède,
ou chapitre très court
où les vacances pointent le bout de leur nez

Une rue de Paris. Quelque part entre le Marais et les Halles. Peu importe où c'est. Peu importe ces lieux où tout est toujours pareil, pourvu qu'un peu de caféine nous irrigue les veines. Il fait chaud, d'une chaleur écrasante. Le bitume fond sous les semelles. Le crâne bout et personne ne vous tirerait l'ombre d'une idée originale. Mais peu importe puisque c'est l'été, et que l'été on marche à l'instinct.

Une terrasse où le café est à douze balles, comme dans la plupart des cas à Paris. Deux jeunes hommes, c'est-à-dire deux êtres trop désillusionnés pour être des enfants, et encore trop enfants pour appartenir au monde crucial des adultes, parlent par interruption. L'un d'eux arbore une mine inquiète. L'autre un air doucement résolu, même s'il affiche la mine de celui qui n'a que très très peu fermé l'œil de la nuit.

— Chloé ne m'aime pas. Elle me quittera deux mois après que j'ai quitté Marion.

— Tu fais chier, Arthur.

Un ange passe et prend son temps. Beaucoup de

temps. Il passe même rue Saint-Denis, qui n'est pas loin, se tape une pute qui a les deux seins qui tombent, une perruque blonde sur la tête, et une aussi entre les deux jambes.

— Tu t'en fous, de mes problèmes ?

— Ce n'est pas la question. Tu as les problèmes d'un homme marié et je trouve ça un peu triste à vingt-trois ans.

Un autre ange passe. Celui-là, il est beaucoup plus chaste et s'arrête à la devanture d'une librairie. Il y entre et feuillette distraitement quelques premiers romans, qu'il repose aussitôt, écœuré.

— Le pire, c'est que t'as raison.

— Ouais, j'ai raison mais pas l'agreg.

— Arrête avec l'agreg, la vie s'arrête pas là...

L'un des deux sourit. Précisément celui qui trouve que c'est dommage à vingt-trois ans d'avoir des problèmes d'homme marié. Il sourit et ajoute une petite question, insidieuse peut-être. Du moins l'autre n'en comprend-il pas vraiment la dimension insidieuse.

— T'es sûr ?

— Mais oui, et puis tu l'auras l'année prochaine. Cette année, c'est râpé, faut plus que tu y penses.

Nouveau sourire. Un troisième ange aurait pu passer mais le jeune homme aux questions insidieuses l'envoie, d'un revers de la main, valser contre le tarif des consommations. Il se cogne, s'y casse une côte, s'y froisse une aile, gémit, mais ce n'est pas ça qui compte. Les anges ont la vie dure. Le jeune homme ne s'excuse pas, soulève de la main gauche la tasse de café qu'il porte à ses lèvres, et la repose. Il regarde droit dans les yeux son interlocuteur, qui paraît perdu dans ses pensées :

— Parlons sérieusement... Qu'est-ce que tu fais de tes vacances ?

3

L'île du Lézard vert

Une longue route. Rectification : j'hésite sur le mot « route ». Plutôt un serpent de terre aride, peuplé d'ornières, un morceau de terre rouge inerte plombé par le soleil. Nous dirons route. La Subaru, qui est une voiture japonaise de petit format, commode, maniable mais peut-être pas faite pour ce genre d'endroits, absorbe tout sur son passage, soleil comme ornières. Légers cahots. Ce n'est pas grave, c'est les vacances.

Zapato désigne une chaussure. C'est assez amusant car sous cette chaleur, il vaut mieux ne pas en porter. Les Cubains ne s'y trompent pas, et ce n'est peut-être pas qu'une question de confort. La route est aride, mais bientôt les choses semblent changer. Au début, c'était drôle. Les crabes rouges éclataient sous les pneus avec un bruit comique. L'endroit célébrait la première défaite de l'impérialisme en Amérique latine. Nous, on exultait. La liberté faisait sentir sa caresse aimable. Le cœur à ciel ouvert. Quatre-vingt-dix kilomètres de piste. Arthur était loin de toutes ces choses parisiennes qui l'étouffaient. Moi aussi peut-être, mais au fond quelque chose restait que les vacances ne parvenaient pas à faire oublier. Et cette petite chose palpitait dans mon palpitant, faisait refluer un souvenir au goût prononcé d'amertume. Je regardais Arthur avec l'air du bourreau qui hésite encore. Nous n'avions que quelques rudiments d'espagnol mais il n'était pas nécessaire d'avoir traduit tout Cervantès pour comprendre le sens de *cocodrilo*. Arthur s'en sortait bien. Un peu suant, peut-être, mais je mettais ça sur le compte de la chaleur plus que sur celui d'une vague peur. En fait, il se débrouillait très bien, guidant la Subaru loin des principales ornières. Nous avions une roue de secours mais bon, changer une roue sous le soleil cubain me tapait par avance sur le système malgré le côté pittoresque, et puis la piste était longue.

Le mot « vacances » a un lien caché mais intime avec le concept de « vide ». Est « vacant » ce qui est « vide ». Cela ne faisait que quelques jours que nous étions arrivés mais déjà un vent soufflait en lui qui était peut-être celui du vide dont il avait souvent rêvé pendant ces mois acharnés passés à cravacher dans les bibliothèques parisiennes. Le vide était peut-être pour lui le secret du bonheur. Une façon de s'ouvrir en deux, pour laisser à l'extérieur le loisir de peupler un intérieur ranci par toute cette connerie de concours.

L'orage s'annonçait. Je repensais au briefing de La Havane. C'était le lendemain de notre arrivée ; j'avais contacté le numéro deux de l'ambassade de France. Un type fabuleux, un routard de la diplomatie, un type qui avait dû salement déconner, salement décoller de l'orthodoxie du Quai d'Orsay pour se retrouver à un poste aussi dénué d'intérêt que celui de La Havane. Mais aussi un type qui savait ce qu'il disait et ce qu'il faisait, un mec franchement couillu que l'aridité du poste n'effrayait pas. Sa femme avait vingt-cinq ans de moins que lui, une perle rare de beauté et de bornage d'esprit. Elle nous avait dévisagés avec un étonnement niveau zéro, m'avait dès le début pris en grippe — ou en ligne de mire. Elle nous avait gardés jusqu'au soir, jusqu'au retour de sa virilité de mari, nous avait fait subir tous les tests possibles, tous les cocktails qu'il était loisible de confectionner avec du rhum et de la glace pilée. Bien sûr, elle, elle ne buvait pas, et s'amusait froidement à reluquer des petits jeunes (nous n'avions, civilement, que cinq ans de moins qu'elle) se déchirer la tête, fort dignement tout de même.

Le briefing du mari, j'étais le seul à l'avoir écouté de bout en bout. Arthur lorgnait du côté de la belle Angélique aux yeux pers, du côté, plus exactement, de la splendide poitrine de la belle Angélique aux yeux pers, dont la chemise blanche à peine boutonnée laissait voir les prémices veloutées.

Selon le viril quinqua Jean-Paul, nous allions danser sur des braises pendant notre séjour sur l'île du Lézard vert. Louer une bagnole ne posait pas de problèmes, à la condition expresse de ne pas rouler la nuit et de payer quelqu'un pour la surveiller. Attention aussi aux jeunes Cubaines. Double couche de latex de rigueur et prière d'utiliser la fiabilité européenne, les capotes cubaines importées de Chine étant de proportions quelque peu modestes. Je me souviens qu'Arthur avait failli s'étouffer avec un morceau de langouste. J'avais souri en direction de la divine épouse. Le professionnalisme du sieur Jean-Paul me ravissait. Angélique m'avait fusillé du regard.

L'orage s'annonçait. J'avais été attentif, certes, aux formes affleurant la perfection de la perfide Angélique, mais plus attentif encore aux conseils touchant le délicat problème de la conduite à Cuba. Ne pas avoir d'ennuis mécaniques, à tout prix. Quand les premières gouttes fouettèrent le pare-brise, je compris qu'Arthur commençait à douter. D'un doigt leste, il augmenta le volume de la salsa. Je le testai :

— Vraiment bien, Los Van Van, non ?

Il esquissa un faible sourire. Son regard enténébré plongea sur ses Supergas immaculées, posées sur les pédales.

— Ouais ouais.

La Subaru continuait sa progression. Le rythme de la pluie s'emballa. L'averse était à nos portes. Les flaques avaient remplacé les ornières, et comme la zone était marécageuse, la route disparaissait parfois, se confondant avec l'entourage aquatique. Arthur prit la parole.

— Dis donc, t'as remarqué qu'il pleuvait ? On ferait mieux de s'arrêter, non ?

— Arthur, y a encore quarante kilomètres de piste... Si on s'arrête là, on est foutus.

J'ajoutai, malignement :

— Ça serait drôle de voir des crocos, non ?

Je fouillai dans mon sac à dos, ramassé à mes

pieds, en sortis mon appareil photo et *Le Guide du routard*, très kitsch, très pour nous.

— Tiens, qu'est-ce qu'ils disent... *Péninsule de Zapata... La péninsule n'est qu'une vaste zone marécageuse, déserte, sauvage, et longtemps inhospitalière... les marécages forment ainsi la plus belle réserve naturelle du pays, paradis des oiseaux et bien sûr des crocodiles, symboles du pays. Vous en verrez à coup sûr, et pourrez même dormir au milieu d'eux, dans un endroit fabuleux dont on vous parle plus loin...* Attends, ils ajoutent un truc, là, en bas. *A ne pas faire : se baigner en été... Les accidents sont très rares. Pourtant, il y a quelques années, un vieux pêcheur cubain habitué des lieux s'est fait emporter par un gros saurien. On a retrouvé une main agrippant des touffes d'herbe...* Putain ! Je vais voir ce qu'ils disent dans le *Lonely Planet*. Tu l'as mis où ?

— Bon, César, arrête tes conneries, c'est pas drôle.

Il a froncé les sourcils.

Un bruit sourd de tonnerre a déchiré le silence, au loin, régulier, pesant, presque musical. La pluie redoublait.

— Bon, qu'est-ce qu'on fait, maintenant ?

J'ai ri.

— Bah, on continue, pardi. Tu veux faire quoi ? Camper ? Prendre un bain ?

La route disparaissait à présent complètement, sur six ou sept mètres. Un petit lac faisait face au pare-choc de la Subaru, encadrée de chaque côté par une haie de mangrove. Sa surface criblée par les gouttelettes de pluie. Très joli. Il faut peut-être préciser que j'avais aussi peur que lui. Cependant, il faut préciser aussi que la peur joue chez moi à jeu égal avec l'exaltation. Les cuistres aiment parler de l'éjaculation légendaire du pendu. Il y a certainement de l'exaltation là-dedans. La peur de mourir et le plaisir intense de ce glissement vers le côté obscur. La sensation de danger engendrant la jouissance et la naissance des mandragores, délicieuses petites plantes qu'on dit révéler l'avenir. Un truc nerveux aussi, une obscure conjonction. Lors de mon premier devoir de physique, en seconde, j'avais ressenti, dans les dix dernières minutes, ce curieux alliage. Je me plantais, je ne trouvais pas la solution d'un problème d'énergie cinétique ou quelque chose comme ça, et voir le temps défiler, goutte minutée par goutte minutée, me procurait un afflux de sang tout à fait localisable. Affaire d'extrémité.

— Merde ! Arthur pestait. On aurait dû les écouter. *No pase. No se puede. Solo tractores...* Encore tes conneries !

Il s'épongea le front et accéléra. Il était, à ce moment précis, interdit de caler. Le moteur plein de chevaux rugit, des trombes d'eau croupie jaillissent de chaque côté, éclaboussent le pare-brise. Un mètre, deux, trois, quatre, cinq et six. On est passés. Arthur ne dit mot. La piste est maintenant boueuse mais pas aquatique. Heureusement car la Subaru n'est pas Jésus-Christ.

A ce moment, un type à cheval déboule au grand galop. Pieds et torse nus, un foulard autour de la tête, avec une machette qui lui barre la cuisse ; dans une main les rênes, dans l'autre une bouteille de rhum. Arthur ne l'a pas vu arriver et le mouvement rapide qui frôle sa portière le fait sursauter, les nerfs à la lisière de la pelote.

— Merde ! je dis. C'est qu'un Cubain ! Stresse pas ! Tu vois, on n'est même pas seuls. Bon, j'ai envie de pisser.

— T'es complètement con, et les crocos, t'en fais quoi ?

J'ai ouvert la porte. La pluie s'était tue. J'avançai prudemment et me vidai la vessie avec un soulagement inexprimable du côté de la mangrove. Arthur vint me rejoindre, un peu calmé. Il avança encore plus prudemment, jeta un regard inquiet vers l'eau maintenant tranquille. Un truc bougea derrière moi qu'Arthur ne vit pas. Il me tournait le dos et pissait. Je gambergeais. C'était peut-être l'occase rêvée. C'était clair qu'ici, ce n'était pas le bois de Boulogne, qu'il s'y baignait autre chose que des canards, des clodos ou des travelos. Problème : et si un autre type passait ? Je risquais gros. La geôle à ciel ouvert, avec peut-être une légère remise de peine pour avoir libéré le monde d'un *imperialista*. Arthur pissait, et me tournait le dos. Je m'avançais doucement. Merde. Comment être sûr ? Mon geste pouvait difficilement passer pour une bonne blague. « Ah, je t'ai bien mouillé, hein, mon pote, j't'ai bien eu, sacré Arthur ! ! ! » Comment être sûr qu'il connaîtrait le même sort que le pauvre pêcheur cubain du *Guide du routard* ?

Un truc a bougé dans l'eau, du côté d'Arthur cette fois. Il a reculé, paniqué.

— Putain, on remonte et on se tire d'ici !

C'était mal barré pour mes rêves de gloire. Ce n'était pas dans la péninsule de Zapata que je serais agrégé. Un manque de bol certain.

Dans la caisse, il y avait cinq centimètres d'eau. On épongerait ça plus tard. Arthur franchit sans coup férir les autres obstacles, motivé par une certainement très obscure raison. Il coupa même à travers une plantation en ruine pour retrouver une route défoncée mais au sec. Il ne s'arrêta plus jusqu'à Trinidad.

4

Villa Santissima Trinidad

La vieille Sobeida nous avait, pour ainsi dire, sauvé la vie. Je devrais dire « lui » sauver la vie. Lui fournir un peu de répit dans cette sarabande d'enfer où je l'emmenais. Les lecteurs de Dante savent que tout au fond de l'enfer, il y a un chemin vers le purgatoire. Que le purgatoire est la voie vers le paradis. Je me faisais une joie de croire à ce délicieux syllogisme : c'est en escaladant, *à rebours*, les poils du torse de Lucifer que je lui ferais effleurer la chevelure des anges, c'est par l'enfer que je l'emmènerais au paradis.

Elle nous avait donc sauvés en agitant son gros corps le long de la route qui menait de Cienfuegos à Trinidad. Arthur n'hésita pas. La graisse lui semblait un présage de confort, la possibilité d'une régression psychologique nécessaire : un bain fœtal de liquide amniotique après les ablutions amibiennes de la sainte journée, les sécrétions boueuses et microbiennes de la piste où la Subaru avait failli s'enferrer.

Arthur faisait la gueule. Me faisait la gueule car avec sainte Sobeida, Marie-Maman-de-Santissima-Trinidad, il était tout sourire. Sa gentillesse dégoulinait en un miel caramel qui souillait le carrelage menant du seuil de la maison à l'antre hypercalorique de la cuisine.

Il fallut nettoyer le plancher de la caisse. Le dégueulis dégueulasse d'eau boueuse n'avait séché qu'en partie seulement. Sous les sièges, une eau croupie, marronnasse, dégageait une odeur de fosse commune mâtinée de bouche d'égout. Paradis olfactif, Eldorado pour esthètes du Nez. Je triomphais en repérant, sous la moquette décatie, un siphon dans le plancher de la voiture nipponne. Le liquide cradasse made in péninsule de Zapata s'en échappa avec un glouglou famélique ravissant. Arthur ne déridait pas, absorbé à vider dans un seau d'eau chaude où baignaient deux éponges quelques overdoses d'un vague détergeant.

La voiture était comme neuve. Arthur comme veuf.

Le repas fut copieux. A la cubaine. C'est-à-dire, pour user d'une tournure euphémistique, reconstituant. Arthur fit un sort au plat de *arroz con fabas*, je préparais ma défense en boulottant une assiette d'avocats. Quelques *bananas fritas*, un soupçon de *cochinito*, *agua mineral* car nous nous méfiions dorénavant des canalisations cubaines. Il ne desserra les mâchoires que pour engloutir la cuisine de Sobeida et féliciter cette dernière lorsque, à trois reprises, elle traversa le séjour kitschissime, tout de faïences bleues et de portraits de famille, majestueuse dans l'opulence de ses fesses charnues.

Avant fin août, il fallait que l'affaire soit dans le sac. Que le type qui mangeait à côté de moi sans dégoiser un mot, que le type avec lequel je passais mes vacances à quelque dix mille kilomètres de chez moi, et qui était en outre mon meilleur pote, disparaisse de la circulation, de l'autoroute-tapis rouge des agrégés. Avant fin août, pour laisser le temps aux larbins de la rue de Châteaudun de faire la paperasserie nécessaire, sur papier à en-tête :

Ministère de l'Education nationale,
de la Recherche et de la Technologie
38, rue de Châteaudun
75009 Paris.

Monsieur,

Suite au décès de votre meilleur ami, j'ai l'honneur de vous faire savoir que vous êtes, à titre accidentel, admis dans le corps des professeurs agrégés, et cela dès septembre 1998. Veuillez nous permettre de vous adresser nos sincères félicitations.

Nous prélèverons sur votre premier traitement le montant nécessaire à la confection d'une couronne à la mémoire de votre ami, auquel le titre de professeur agrégé ne sera pas retiré, malgré la non-effectuation de son stage pratique.

Veuillez recevoir, Monsieur, l'expression de nos sentiments les plus admiratifs quant à votre habileté, votre inventivité et votre manque de scrupules qui, j'en suis certain, ne manqueront pas de représenter des atouts non négligeables dans la suite de vos fonctions au sein du corps honorablissime des professeurs agrégés, etc.

Leur prose n'aurait certainement pas cette tournure d'esprit et c'était dommage. On allait souverainement méconnaître mon rôle dans cette histoire. Pour tout le monde, Arthur serait seulement mort alors même qu'il s'était pour la première fois, et grâce à moi, ouvert à la vie. L'ampleur de cette tâche libératrice serait passée à la trappe. On ferait de sa mort un drame alors qu'elle était un couronnement, le couronnement d'une entreprise héroïque. Sortir quelqu'un de vingt-trois ans de ses habitudes sclérosantes n'était pas une tâche de maigre importance. Personne ne saurait jamais et cela me chiffonnait un peu. Je resterais dans l'ombre. Personne n'écrirait de dialogue sur le nouveau Socrate que j'étais, pionnier d'une maïeutique qui n'était pas celle de la vérité mais tout connement celle de la vie. J'allais le réveiller. Lui révéler la vraie vie. L'exposer à sa lumière aveuglante. Il en mourrait, certes, mais avant ça il allait voir et vivre. C'était ça, la vraie fin, et pas sa mort. C'est sa vie qui jusque-là avait été un drame. Grâce à moi il allait accoucher de belles choses, et ce con me faisait la gueule pour quelques litres d'eau croupie. Il méritait une balle dans la tempe mais j'aurais sali le parquet de Sobeida. C'était con. Au moins, j'aurais eu la paix. Je me serais barré avec la petite Subaru loin loin vers l'*Oriente*, laissant Sobeida se démerder avec les autorités. J'aurais peut-être eu les FAR [1] au cul, mais peu

1. Forces armées révolutionnaires.

importe, je me sentais d'humeur à tutoyer Raùl Modesto Castro Ruiz, alias « La Chinoise », le propre frère de Fidel. Mais le silence d'Arthur me pesait. Je pestais intérieurement. Ah, ça te sort de ton cocon, hein ? T'avais pas l'habitude, hein, de bouffer des amibes ? Ça fait bizarre, hein, de rien avoir dans le ventre ? Elle te manque, ta maman ?

J'ai fini par aller prendre l'air. Que le bébé aille se consoler entre les cuisses de Sobeida. Il y a loin entre ce qu'un type prétend être et ce qu'il est vraiment. Même quand c'est votre meilleur pote. Qu'il jette de la poudre aux yeux à qui il voulait, moi je prenais la poudre d'escampette.

J'ai beaucoup marché dans les rues de Trinidad. Ici, rien n'a bougé depuis le XIXe siècle. Il faisait une sorte de chaleur bizarre, avec des senteurs moites un peu partout. Des grilles de fer forgé sur les balcons, inabordables comme le grillage sur les visages des femmes Taliban. Et tout cela baignait dans un halo de lumière argentée qui me calmait un peu. On voyait moins de portraits du Che. De la musique au loin, un poste qui grésillait dans la petite cahute du CDR [1], ouvert toute la nuit, des yeux curieux et des mulâtresses aux seins avenants qui se penchaient pour renifler mon atonie. Il n'était pas tard mais la nuit tombait vite. La lune m'adressa un clin d'œil. Ce geste d'attention m'a regonflé un peu. Une cigarette au bec et du bon sang dans les veines, je marche. Le point incandescent m'indique le chemin comme la carotte au

1. Comité de défense révolutionnaire.

bout du museau d'un âne. Comme tout le monde, j'ai besoin, moi aussi, parfois, d'une carotte pour avancer.

Je ne vais pas dire que la lumière fut, mais du moins elle revint, et avec elle, une certaine animation. Un car de touristes était dans la place et s'éclatait dans un rade spécialement conçu pour eux. Je m'y suis engouffré, bien décidé à me rassurer sur mon compte. Un misérable groupe cubain entonne *Guantanamera* pour les grosses Allemandes. Elles sont aux anges. J'ai quelques dollars en poche, que je change instantanément en autant de bouteilles de bière *Hatuey*. Pendant deux heures, j'ai tchatché avec l'Indien à plume qui décore l'étiquette. A la tête de ses potes, d'autres Indiens de l'île, Hatuey s'était soulevé contre les conquistadores, au XVIe siècle. Bien sûr, il avait été brûlé, mais au moins c'était un chef et il allait me tirer de là.

Pour Arthur, je crois, Cuba était une carte postale. Un film en technicolor. Une Cadillac verte sans tache de rouille. La salsa à fond. Une route côtière bordée de palmiers avec à gauche la mer émeraude engloutissant, peu à peu, un soleil orange. Nous roulons vite, un havane au coin des lèvres. Une bouteille de Habana Club sautille dans la boîte à gants et, pourquoi pas, deux jolies métisses sur la banquette arrière, piaffant d'impatience à l'idée de nous montrer les ressources cachées de leur culture.

Or, ce que je lui avais montré, c'était l'art de résister héroïquement à la dictature d'un ventre vide, l'essence au noir tirée au jerrican dans les arrière-cours de baraques misérables, et les amibes pêchées sans hameçon dans une mangrove peuplée de matière première pour sac à main et chaussures de « macs ». Bien sûr, il était vivant, mais je n'avais pas de mal à me persuader que cela ne lui suffisait pas. Ma tentative de réforme battait de l'aile. Ni enthousiasme ni meurtre. Notre voyage partait en couille.

Il avait le culte du confort moral et matériel mais irait-il jusqu'à se satisfaire des images papier glacé dont on abreuvait ici les touristes-en-bus ? Des images qui, en outre, coûtaient la peau du cul. Je quittai cet endroit déprimant, lançai quelques pesos convertibles — l'une des trois monnaies de l'île — dans l'escarcelle des musiciens. L'un d'eux me gratifia d'un clin d'œil. Je me laissai convaincre qu'il n'était pas dupe. Ce type avait compris que je cherchais autre chose ici qu'un vague dépaysement. Ce qui ne l'empêcha pas d'entonner alors une ultime *Guantanamera*, pour le plus grand ravissement des blondes Teutonnes qui se mirent à osciller de leur large bassin mou.

Le dédale des petites rues pavées ne me découragea pas. Même sans fil d'Ariane (Ariane m'avait quitté sans explication un jour gris de février), mon optimisme renaissant et la petite chose rose qui palpitait du côté droit de ma poitrine me firent retrouver assez vite la Calle Maceo. La maison bleue de Sobeida m'apparut comme dans un rêve. J'allais lui expliquer, le sortir de ce mauvais rêve.

Mon soulagement fut grand. Sobeida vivait seule et je perçus sans peine son ronflement de vache satisfaite. Un rai d'argent sous la porte de notre chambre me fit comprendre qu'Arthur y était seul. Il y a des limites à l'exotisme et puis Rubens est passé de mode, même pour les gens de mon âge que la chair rassure.

— Déjà rentré ?

Le ton était blasé, blasant, même, n'était mon enthousiasme tout neuf.

— Ouais, mais pour repartir tout de suite, et avec toi.

Il posa son stylo. J'ignorais qu'il tenait un journal. Ce soir-là j'aurais donné une fortune pour en violer l'intimité.

5

Sur la plage

Une terrasse sur les hauteurs de Trinidad. Au-dessus de nos têtes, on voit des étoiles par milliers et surtout, nappe onctueuse un peu floue, conception immaculée, la Voie lactée, nette comme jamais.

A ce sourire glacé de Joconde céleste répond le rire d'Arthur, les yeux embués d'étoiles parfumées au rhum.

Ça me fait plaisir de le voir heureux. Déchaîné, devrais-je dire. Déchaîné, délivré, livré à une joie non censurée. Aucun maître sinon la vie. Les Cubains aussi sont heureux. Eduardo et Leonardo prennent beaucoup de plaisir à se rincer le gosier au Habana Club. Ça leur change du mauvais rhum à trois pesos la bouteille. Nous en avons déjà vidé une. Nous confectionnons de détonnants « Cuba Libre » avec du Tropicola, le substitut du trop américain, du prohibé Coca-Cola. Je grille une cigarette Popular avec délectation. *Soy Cubano, soy Popular.* Avec ma bouche, je tente de faire des ronds.

Eduardo et Leonardo voulaient aller *bailar*. Un

truc avec que des Cubains, un peu à l'extérieur de la ville. « Beaucoup de *chicas, bonitas, muy calientes.* » Arthur riait beaucoup aux plaisanteries de Leonardo, et à ses allusions prolongées aux mœurs cubaines. Deux heures après, Eduardo et Leonardo ont voulu nous présenter leurs cousines. Arthur était partant. Il avait l'air d'un petit garçon découvrant les infinies possibilités de la vie.

L'entrée était à deux pesos. Le « videur » local nous a regardés d'un mauvais œil. Nous n'étions pas assez cubains pour lui. Leonardo lui a tapé sur l'épaule. « *Amigos.* »

Douce apparition en robe blanche ultrasophistiquée, collante, et chaussures à talons écarlates, la cousine Blanca m'avoue dix-neuf ans. Je n'en suis pas très sûr mais peu importe. Arthur était parti danser avec la cousine Mariella, sous le regard plein de bénédiction des deux cousins. Nous les avons rejoints dans un amphithéâtre de béton peint. Sous une voûte éclaboussée de constellations fluctuantes, les corps métissés se meuvent. La soirée est moite. Arthur se lâche. Blanca me caresse le menton et me dit que je suis timide. Je la prends au mot. Les petits yeux noirs de Mariella fixent le corps désarticulé d'Arthur.

*

Les deux gazelles se calèrent avec une certaine aisance sur la banquette arrière. Finalement, on approchait de la carte postale. Le rire cubain est l'un des plus joyeux qu'il m'ait été donné d'entendre. Foin des cousins. Je n'avais pas besoin d'aide pour trouver le chemin de la Playa Ancon, et les deux cousines avaient me semble-t-il suffisamment de kilométrage pour ne pas tomber des nues. On avait promis de les ramener le lendemain. Arthur était aux anges. Il s'installa à la place du mort. L'occase était trop bonne. Il babillait de plus belle. Je riais à ses plaisanteries. La clairvoyance était passée de mode dans son cerveau anesthésié. Ce soir, je voulais qu'il se lâche et j'allais lui en donner les moyens. Il manquait une dimension dans sa vie que ma science du volume allait créer.

La route était défoncée. Moi aussi. Elles tinrent à descendre à mi-parcours pour acheter du rhum. Une baraque éclairée qu'elles atteignirent en courant. Arthur était avec elle. J'ouvris la boîte à gants. La lune était pleine. On sentait l'odeur iodée de la mer, et le roucoulement des vagues au milieu de la nuit. Dans un fond d'eau minérale, je fis fondre deux Guronsan. « Prends des forces », lui dis-je quand il revint avec les deux cousines. Trop bourré pour réfléchir, il avala le contenu. Le démon de l'agreg m'avait repris.

J'ai avancé la Subaru le plus près possible de l'eau.

J'ai laissé Arthur à son sort en adressant un sourire délicieux aux étoiles lorsque la petite robe collante de Blanca a glissé le long de ses épaules délicates. Un dos mat. Des petits seins bien formés. Des hanches étroites. Une bouche à la saveur de pêche. J'ai mordu dans la pulpe. Le sable était encore tiède mais serait bientôt rafraîchi par les vagues qui le léchaient doucement. La petite culotte a coulissé sur ses jambes. Les cheveux de Blanca m'ont caressé l'épaule, puis le torse, puis les cuisses. Sa bouche m'a saisi.

Une vague s'enfle, prend son essor dans mes reins.

Je l'ai ramenée à moi. Elle sentait le sel et la fleur d'oranger. J'ai considéré avec émotion ce corps ventre contre le sable, la chute spectaculaire du dos avant d'y engouffrer mes rêves de volupté. Je suis dur comme ses seins.

La vague enfle. Elle est d'importance. L'écume apparaît sur sa frange, à fleur d'eau.

Maintenant, ses reins souples m'infusent le plaisir sans compter. Avec délectation je résiste à l'abandon. J'ai sa matrice comme écrin. Elle braque ses yeux d'étoile sur le plaisir qu'elle me donne, de ses incisives mord mon cou offert. C'est elle qui maîtrise.

La vague a grossi. Ecume nacrée et lèvre prononcée. La vague a grossi et puis a déferlé.

Il y a eu des étoiles pulvérisées dans mon cerveau, sous le coup d'une trop puissante irradiation.

La tempête s'est calmée, Blanca lovée contre mon apaisement.

Et puis j'ai entendu un cri.

Je me suis levé.

Mariella accourait d'une dune voisine, les seins nus, encore en culotte.

Arthur était inerte, une bave translucide au coin des lèvres. C'était un accident. Il avait trop bu.

C'est ce que diraient les petites. L'affaire était réglée. Un accident.

C'était sans compter sur Blanca. Les Cubains sont parmi les peuples les plus instruits. Tous diplômés. Blanca devait l'être en secourisme. Elle s'est penchée sur lui, l'a giflé de toutes ses forces. Et puis l'a tourné sur le côté, avec l'aide de Mariella. Je me tenais immobile à un mètre environ. Concentré, les yeux rivés sur son corps. Attentif, raide...

Il a vomi par saccades. Elle m'a demandé de l'eau. Le litre y est passé.

Les deux petites le tirèrent de là. Je ne fulminais pas. Ça serait pour une autre fois. *Muy caliente.*

6

Le doute s'installe

De larges langues de feu sillonnent un ciel bleu marine. Des deux côtés de la presqu'île, la mer s'étire. Comme le jour décline, elle prend des teintes de plus en plus sombres.

Nous sommes remontés vers le nord. Pas le temps d'aller jusqu'à Santiago. Et puis, j'ai prévu autre chose pour Arthur. Un peu de repos.

Il a été d'humeur enjouée pendant le trajet, une route régulière, sans surprise. Le soleil tape sur les carlingues et met la cervelle à sang. On s'est arrêtés plusieurs fois dans de petits villages sinistres pour boire un truc. Des *refrescos* : dans un seau de plastique baigne une sorte de Tang fadasse, au vague goût d'orange ou de citron. On vous sert ça à la louche. Ce n'est pas très bon mais au moins ça rafraîchit, et puis de toute façon on ne trouve pas autre chose. Avec ça, on mange des pizzas, dont elles n'ont que le nom. C'est rond, ça a le goût de fromage rance et c'est souvent mal cuit. Mais il faut bien tuer les amibes.

Les raisons de mon mal au ventre persistant ne font guère de mystère. J'ai roulé assez vite, avec les Smashing Pumpkins à fond. J'ai eu une pensée émue pour Blanca. Arthur ne m'en a pas parlé mais il a dit un truc qui m'inquiète, tout à l'heure, à Santa Clara, alors qu'on faisait de l'essence.

— César... Qu'est-ce qui m'est arrivé hier, au juste ?

J'ai pris un air compatissant :

— Oh... T'avais trop bu, ça arrive.

— Oui mais, ça suffit pas comme explication. Tu sais, c'était bizarre. Mon pouls s'est accéléré d'une façon étrange. C'était fou. J'étouffais. Cela allait trop vite. Un coup de speed énorme...

— Les talents de Mariella, non ?

Je me suis forcé à rire. Il m'a adressé le plus appuyé des regards.

— Arrête, j'suis sérieux. On n'avait rien fait et puis, même une cuite, ça me fait jamais ça.

Pendant le trajet, ça m'inquiétait alors j'en ai reparlé.

— Écoute...

C'était *Shame. You're gonna walk on home. You're gonna walk alone. Sh-sh-sh-sh-sh-shame...*

— Écoute... T'as pas à avoir honte. Le rhum cubain, c'est traître. Et puis finalement, tu t'en es bien sorti, non ?

Il a pris un air sombre.

— Non, j'te dis, ces filles, elles n'étaient pas réglo.

Soupir de soulagement. S'il avait fait froid dehors, je me serais trahi. Une large bouffée d'air condensé serait née à l'orée de ma bouche, comme les petits garçons en hiver, quand ils disent qu'ils fument. J'ai fait mine de protester :

— Tu crois quoi ? Qu'on allait tomber sur deux jeunes vierges inexpérimentées ?

— Elles m'ont fait prendre un truc, c'est clair... J'ai tranché.

— Tu te fais des films, mon vieux Arthur. Elles étaient adorables. T'étais seulement trop défoncé pour pouvoir apprécier. C'est con.

On n'en a plus parlé avant Varadero. Arthur s'est plaint de mal au ventre, mais sinon il était plutôt enjoué. Il m'a demandé des détails sur Blanca. Je ne me suis pas censuré. Mine de rien, la petite me traînait encore dans la tête. Elle avait après tout sauvé la vie de mon meilleur pote.

*

Varadero est un micro-État. Interdit aux Cubains qui ne travaillent pas dans la presqu'île. A l'entrée, une sorte de péage dresse ses remparts. Il faut montrer patte blanche à de gros matous en kaki, l'automatique à la hanche, qui te sourient en voyant ton passeport étranger. C'est mieux d'être riche aussi. L'ouverture au tourisme a fait fleurir les palaces. Varadero est l'un des seuls endroits en terre cubaine où vous verrez défiler les panneaux publicitaires. C'est aussi là qu'on trouve les plus belles plages de l'île.

On a négocié une *casa particular*. On est allés dîner et puis après Arthur a voulu aller se coucher sans tarder. Moi, j'avais le bourdon. Ça me prend parfois, toujours à cause des mêmes choses. Je n'y peux rien.

A Varadero, le touriste est roi. Par là même, il échappe aux traditionnelles juridictions cubaines. Ce qui fait que tu trouves tout ce que tu veux.

Je suis sorti. Direction la plage. J'ai acheté de l'herbe à un Cubain rasta. C'est rare, les Cubains rastas, sauf à La Havane, mais alors là, ce sont des Jamaïcains. Ce n'est pas loin, la Jamaïque, alors le Cubain voulait parler. Et bien sûr, me proposer sa sœur ou sa cousine... Il m'a vite saoulé avec ses *muy caliente*. Je lui ai dit que j'étais marié et papa. D'abord, il n'a pas voulu le croire et puis il a insisté, en me disant que j'avais une femme française mais pas de femme cubaine et qu'il fallait que j'essaie, que je n'allais pas en croire mes yeux et autre chose aussi, que sa cousine elle avait le feu de Dieu entre les cuisses... Il a vu que je perdais patience, que présentement je n'avais pas trop ça dans la tête. Alors il s'est barré, en quête d'un nouvel esseulé.

La nuit était tombée. Il n'y avait plus personne. Même pas de couples d'amoureux. Il y a des choses qui se perdent.

Il n'y avait plus personne. C'était la plage d'un hôtel. Le palace élevait derrière moi ses murs blancs. De la lumière un peu partout. Des escaliers plus loin qui menaient sûrement à une fête. Des notes de musique, les cordes d'une guitare pincée et puis des congas frappées ; tout cela allait se noyer dans la mer turquoise qui s'étalait à mes pieds. Mais cela ne se voyait pas, qu'elle était turquoise. Il faisait trop nuit pour ça.

Je me suis dévêtu. Nu comme un ver absorbé par les flots tièdes. Soulevé par le flux utérin des vagues. Au-dessus de moi, toujours cette Voie lactée, plus que jamais, avec des constellations que je n'avais jamais vues.

Je me suis étendu sur le sable blanc. Il brillait sous la lune comme un désert de sel.

Seul et bien.

Nu et apaisé.

J'ai pensé à des choses bêtes.

A la fac, Arthur jouait les Saint Jean Bouche-d'Or. Je repensais à une certaine matinée de mars. Il présentait une leçon intitulée « Le désir ventriloque dans *La Route des Flandres* ». Seul contre un amphi féminin à 95 %. Arthur était passé maître dans les vocables sismiques et les insanités scintillantes. Un Chrysostome en tee-shirt moulant. « Sous l'écorce, la chair des mots », disait-il. Elles en avaient la chair de poule, les cocottes. Chirurgical, il titillait les moindres fibres du texte. Un délicieux frisson faisait haro sur les blocages des sorbonnardes qu'on disait oies blanches, pour la majorité. Les autres ? Trop perverties pour encore pouvoir jouir sainement. En cette matinée de mars, les giboulées étaient rhétoriques. Claude Simon revu par Arthur faisait mouiller les plumages intimes des petites oiselles sorbonnicoles. Il affectait la froideur mais chauffait à blanc les cervelles, assénant sans sourciller ses vérités crues. Tout était mis en branle pour une sacrée partie de fouterie.

Ne restait plus qu'à conclure. Le chaudron était bouillant et l'officiant n'avait plus qu'à y déposer, geste ultime, une séminale conclusion. Le long des travées, on attendait l'hostie, jambes croisées, de la braise au regard. Il communia avec les donzelles, imperturbablement chaste. Luciférien, presque, car il savait ce qu'il provoquait. L'amphithéâtre était une nef qui s'en allait à vau-l'eau. L'amphi Champollion il s'appelait, où le secret de cent ou cent cinquante Rosettes attendait d'être pénétré.

J'étais tout au fond. Tout en haut, devrais-je dire, étant donné la disposition de l'endroit. Avec vue sur la scène. Je me souviens, j'avais même pris des notes. J'étais intervenu, posant de très complices questions à mon complice, officiant tout en bas sur la scène. Je voulais une lumière crue là où il y avait encore trop d'obscurité, du coït là où il n'y avait que du désir.

Près de la machine à café, on m'interrogeait :

— C'est un ami à toi, le beau ténébreux de mardi ?

Elles en revoulaient, les bougresses, apprenties-Danaé attendant une pluie d'or qui ne serait plus métaphore. J'apprenais que la moitié de l'amphi était à ses pieds. Je m'interrogeais longuement sur l'autre moitié.

Arthur était maqué jusqu'aux incisives. Je venais le distraire alors qu'il planchait sous le ciel bleuté de la trop belle bibliothèque de la Sorbonne. La moquette frissonnait sous les allées et venues ouatées. Des petits pieds qui n'en finissaient pas de tourner autour de lui. Arthur était amplement sollicité. Comme on le fait à la Sorbonne : regards appuyés, mais non avoués.

Les meilleures volontés se seraient brisées sur Marion. Elle veillait sur son homme comme une louve sur ses petits. Haute surveillance. Prévenante, mais aussi mordante. Elle ne m'aimait pas tellement. J'étais *instable*, lui disait-elle, pour le garantir de mes *mauvaises influences*.

Pauvre Arthur. Je détournais sur moi les bonnes volontés. Elles venaient donner de la vague contre ma figure de proue. Je tenais à le remercier de son involontaire contribution à la plénitude de ma vie sexuelle. Alors je baisais à sa santé. C'était aussi une forme de sophrologie, de *self-control* quand arrivait la minute suprême. Certains, pour différer l'instant, pensent à un accident de voiture, à du vomi de chat, ou à un gang-bang de crapauds. Moi, je pensais à Arthur. Chacun son truc.

Tout ce que je voulais, c'était qu'il participe, d'une façon ou d'une autre, à mes ébats. Une sorte de toast. Au moment où je me répandais dans les matrices, c'est à lui que je voulais penser.

Aujourd'hui, c'était au fond la même chose. J'étais là pour le faire participer. Pourtant ce n'était pas une matrice qui était en jeu, mais la vie. Qu'il prenne part à la vie. Celle qui vous fait jouir d'exister.

Je roulai un deuxième joint. Une pause. La mer déroulait toujours ses éternelles vagues. La nuit toujours, même s'il ne devait pas être très tard. Les pensées vont plus vite que le temps.

Peut-être faisais-je fausse route, après tout. Je prétendais, en quelque sorte, l'initier à la *religion de l'instant*. Oui, c'était ça.

Chloé m'avait demandé de le « sortir ». Mais c'était une façon de le récupérer pour elle. Si elle n'avait pas été en compétition avec Marion, elle aurait été la première à lui mettre le grappin dessus pour le boucler, *ad vitam aeternam*.

Et puis merde, et si sa vie, c'était d'être soumis, après tout ? S'il aimait ça, lui, la liberté sous surveillance ? La bonne bouffe, le linge repassé, l'assistance immédiate en cas de gros cafard ?

Toujours l'éternelle fable du chien et du loup... La marque du collier.

Et puis de quoi je me mêlais ? A quoi ça rimait, la religion de l'instant, si c'était pour le supprimer tout de suite après ? La réponse était claire : légitimer cette religion de l'instant. Comme dans ces fêtes païennes où, pendant une journée, le fou prend la place du roi, avant d'être exécuté comme un chien, à l'aube.

De mes lèvres, j'envoyai la fumée envelopper les étoiles.

Il n'y avait plus de cause et j'en avais trouvé une qui me semblait juste. Je voulais aller vite. Pas le temps de tergiverser. Arthur allait mourir après un mois de vraie vie. C'était le salaire requis. J'avais besoin de sa mort. Point final.

Et puis, on verrait bien sur le moment. J'étais seul au monde. J'aurais voulu mourir, et pourtant je n'étais pas triste. Je vivais.

Seul mais au cœur de la vie. Au cœur de la vie mais seul. J'ai envoyé une autre bouffée de fumée vers le ciel nocturne. En direction des étoiles, une filante pensée pour Ariane.

Dans la mythologie, c'est Ariane l'abandonnée,

et Thésée l'abandonneur. Il tombe amoureux de Phèdre, la sœur, et c'est avec elle qu'il part pour Athènes. Ariane, il la dépose sur une île, à Naxos exactement.

Il la quitte donc pour une autre. On a beau dire, c'est une consolation. Moi, Ariane m'a quitté, et pour personne.

On raconte aussi qu'à Naxos, Ariane s'est consolée avec Dionysos.

Moi aussi, j'ai bien essayé de me consoler avec quelques satyresses, mais rien n'y a fait. Rien n'y fait. Tous les corps de braise du monde ne pourront me faire oublier le corps de cendre froide de mon Ariane.

C'était ma vierge astrale. Mon unique amour. L'année dernière, j'étais avec elle en Inde. J'avais porté son petit corps malade du train chargé de miasmes jusqu'à la chambre où elle devait se remettre et m'aimer pendant une semaine non-stop. Elle avait dix-sept ans, tout juste. Nous étions Bonnie et Clyde et ne devions sortir sous aucun prétexte. On en voulait à notre peau. Nous nous étions même mariés. C'est un jeune brahmane à pagne orange qui, sans nous demander la permission, nous avait emmenés dans une toute petite pièce, au fond d'un temple obscur. Cela sentait l'ambre consumé, l'encens et la myrrhe, le beurre rance aussi, qu'on offrait aux époux célestes, Shiva et Parvati, enlacés emboîtés, une statue dorée qui brillait dans la lueur des lampes à huile. Shiva et Parvati, couverts de beurre et d'encens. Il avait récité d'étranges paroles, avait posé sur nos têtes, alternativement, une sorte de cône ouvragé. Il y avait eu beaucoup d'autres choses aussi, un rite simple et complexe, limpide et chargé de mystère à la fois. Nous avions maigri pour n'être plus que nerfs et amour. Nous étions les amants mystiques de Maduraï, Tamil Nadu, South India.

Une vague est venue mordre mes pieds nus. L'eau semblait tiède. Je vais rentrer et je n'aime personne. Je suis seul au monde avec mes rêves délavés. Je suis seul et je vais tuer mon meilleur pote. C'est con. Peut-être bien que ça m'amuse. Je veux qu'on me distraie, qu'on me sorte de là.

Je me suis rhabillé. Par la plage, je suis entré dans un palace. Le Quatro Palmas, plus exactement. Autour de la très grande piscine (il y avait des îlots remplis de palmiers au milieu et je devrais peut-être dire un lac, n'était cette eau translucide), un petit raout organisé pour les heureux pensionnaires du palace. Un orchestre, et des rombières sur des chaises longues, tutoyant de savoureux cocktails. Comme je suis assez élégant de nature, n'est-ce pas ? et qu'il faisait nuit, je me suis installé et lorsqu'un serveur tiré à quatre épingles (ce qu'il faut dans ce genre d'endroits, c'est être suffisamment sale pour qu'on ne vous prenne pas pour un serveur) est venu à moi, j'ai commandé un Daïquiri. Il me restait un dollar. Ce serait un peu juste, mais je savais que dans ce genre d'endroit, on n'a pas l'indélicatesse de vous demander de payer devant tout le monde.

J'ai failli m'endormir, baigné par la tiédeur de l'air et la caresse du rhum de mon cocktail. J'ai allumé une Popular. On fume de voluptueux havanes autour de moi, mais je prends des poses très étudiées pour compenser. A la fin de *Guantanamera* (encore), je me suis éclipsé, fort dignement. « Chambre 21 », ai-je dit au serveur en lui glissant un dollar. Il me gratifia d'un grand sourire.

Sur la Primera Avenida, il y avait un bruit de techno. Une sorte de soupe européano-afro-cubaine. A l'orée d'une boîte, une pute m'a hélé. Je l'ai poliment remerciée. Les amours mercantiles ne consolent pas les jeunes gens bien comme moi. Et puis *post coïtum, animal triste* et je n'avais plus envie d'être triste. Une sorte de kiosque était ouvert, où j'ai acheté une canette de Cristal.

Quand je suis entré, Arthur, sanglé dans son sac à viande, se tournait dans un mauvais sommeil. Le ventilateur brassait l'air au-dessus de sa tête et devait le rafraîchir. Il faisait lourd. En me penchant sur lui, j'ai vu qu'il transpirait. Il sentait la mauvaise fièvre.

Je lui ai piqué son journal. Je sais, c'est un crime ignoble. Un acte mesquin. Mais je n'étais plus à ça près. Et puis, juste une page, ce n'était pas la mort. Je l'ai ouvert à la page d'aujourd'hui et ce que j'ai lu m'a troublé.

***21 juillet.** Je suis malade, un peu fiévreux, et je ferais mieux de me coucher. Néanmoins je veux écrire ça, maintenant, tout de suite, car après, je n'aurai plus le courage. J'admire César. Je l'admire mais en même temps, il me fait peur. Tout est fête pour lui. Chaque moment de sa vie est une* *fête. Notre différence m'effraie. J'aimerais le rattraper mais il va trop vite. Je viens de prendre conscience que je ne savais pas ce qu'était la vie. Lui, j'ai l'impression qu'il n'a pas besoin de le savoir. Vivre, quelle sensation bizarre... Ça ne veut rien dire. J'ai mal à la tête et la température...*

J'ai refermé le petit carnet. Je me sentais si las. J'ai terminé ma canette de Cristal assis en tailleur sur mon lit. Une fourmi rouge grimpe sur le mur blanc, plutôt sale. La peinture est écaillée et le ventilateur qui tourne autour de la tête d'Arthur est rouillé. Une couche de sel recouvre les barreaux métalliques du lit. C'est poisseux. C'est âcre.

Arthur murmure dans son sommeil. Je suis à bout, alors je fume. Je n'aurais pas dû ouvrir ce journal. Il a raison : vivre, ça ne veut rien dire. J'ai brusquement peur de n'être pas à la hauteur. J'ai besoin d'Ariane.

7

Paradis sexuel

C'est le soleil qui m'a réveillé. Un rai de lumière perçant les persiennes, lourd de poussière. J'étais encore tout habillé. Dans le cirage.

Arthur n'est pas là. Son duvet bleu cyan est vide. Recroquevillé en mille plis. Une sorte de mue, désertée pour une autre vie. Un simulacre d'Arthur. Une enveloppe.

Je me suis levé. J'ai passé une main sur ma figure. Ma peau est couverte de sel. Je m'étire.

J'ai ouvert la porte du cabanon. La lumière m'a aveuglé.

De son pas de porte, notre logeuse m'a interpellé :

— *Su amigo está en el* Dos Mares. *Desayuna.*

J'ai bredouillé, la bouche pâteuse, une question polie :

— *¿ Se ha ido hace mucho ?*

— *Media hora. No más.*

Je l'ai remerciée d'un signe de main et suis rentré dans ma cahute. J'avais besoin d'une bonne douche. Arthur était sorti il y a une demi-heure prendre son petit déjeuner au Dos Mares. Il ne s'emmerdait pas.

Je laisse couler l'eau sur mon corps avec une infinie sympathie. Son débit est régulier, c'est étonnant. J'avais oublié : nous sommes à Varadero. Je me savonne avec langueur. Mon corps revit. Je suis en forme, bordel. Mes tergiversations d'hier n'existent plus. Je suis en forme, bordel. Prêt à niquer le monde entier.

Quand j'arrive dans la vaste salle du Dos Mares, Arthur est attablé. On trouve de tout à Varadero. Grand café, tartines beurrées, jus d'orange, œuf-bacon. Il a acheté *Le Monde*.

— Je n'ai pas osé te réveiller. Alors j'ai dit à la mamie d'à côté de te prévenir.

Il a l'air en aussi bonne forme que moi. Large sourire. Rasé de près et de frais. Les deux. Chemise blanche, presque immaculée. Bonheur sans nuage. Il ferme le journal.

— Installe-toi. Prends ce que tu veux, je t'invite. Profitons-en. Pour une fois qu'on a l'occasion de bouffer convenablement. J'ai une question à te poser.

J'ai appelé la serveuse. Blonde décolorée, gros seins. Une croix entre les gros seins. Bouche peinte. Yeux qui dévorent et robe uniforme dans les tons roses. Elle s'est approchée, démarche oscillante, air de salope. J'ai montré un truc sur la carte. Elle est repartie de la même démarche de salope.

— Dis donc Arthur, on dirait la pute que j'ai vue hier...

— ...

— Dès le matin, ça m'écœure.

Elle est revenue avec un plat fumant et un grand sourire sur la bouche. Arthur a posé sa tasse de café, sidéré.

— Et la langouste le matin, ça t'écœure pas ? Putain ! Ici, ça coûte un max !

— Allez arrête, tu vas avoir du blé, t'es agrégé... Et puis c'est toi qui as voulu venir ici, pas moi...

Mademoiselle Salope était revenue avec une bouteille de Bucanero, brune.

— Vous m'apporterez aussi un café, *por favor*. Elle est mignonne, finalement. Je la verrais bien en soumise dans une mise en scène de Jeanne de Berg. Un *boundage*, très sobre. Un truc plutôt décadent, très fin XVIIIe, sans cuir.

Il n'a pas relevé. Il a dit :

— Tu crois que je devrais quitter Marion ?

*

Après le (petit) déjeuner, nous sommes allés sur la plage.

Cette fois, l'eau était vraiment turquoise.

Le ciel ? Bleu plombé. Partout, des filles comme celle du Dos Mares, mais en centaines d'exemplaires. Maillots de bain dernière mode, voire le string en crochet. Beaucoup d'Italiens. Ils arpentent la plage en Christ mal crucifiés. Grands échalas à la démarche chaloupée. Parfois, body-buildés. Il y a aussi des vieux, des chauves. Oui, beaucoup de vieux et beaucoup de chauves. De vieux chauves, parfois. Ceux qui ont entendu dire que Cuba c'était « vraiment le pied question nanas ». Alors eux aussi, ils cherchent. Ils ont pris pension complète au Quatro Palmas ou au Club Med et ils attendent qu'une « ginette », façon de parler pour *jinetera*, tombe entre leurs sales pattes velues. *Jinetera*, ça veut dire « cavalière », même si le plus souvent, ce sont elles qui se font monter. A La Havane, au début de notre séjour, une petite merveille est venue nous parler. Aguicheuse. Une petite merveille, une lionne à la peau noire et aux yeux d'ange. Elle m'a demandé une clope. Je n'avais que des Popular, et ça a eu l'air de la décevoir. Visiblement, ça a été pour elle de déception en déception. Je n'avais pas compris le truc. D'ailleurs, ce n'était pas mon truc. Ça allait beaucoup trop vite pour moi. Je n'avais pas faim d'amours mercenaires. Pas comme ça.

J'ai fait un heureux. Un heureux qu'Inès — elle m'avait quand même donné son prénom — s'est empressée d'aller brancher, une demi-seconde après m'avoir dit *adios*. Un heureux au crâne dégarni, un heureux au portefeuille bien garni, un heureux bedonnant, un heureux en short, un heureux à chaussettes noires remontées jusqu'aux genoux. Un heureux qui, pendant une journée, dépensant sans compter ce qu'il a épargné durant six mois en affreux petit bourgeois qu'il est, va l'entretenir, la nourrir, la faire boire. Un heureux qui, lorsqu'il la dévisage dévorant la langouste qu'il lui offre, grand prince, au Patio, Plaza de la Catedral, se régale d'avance en pensant à la famine sexuelle qu'il subit depuis quinze mois. Un heureux qui, alors qu'elle trempe ses lèvres dans un dernier *mojito*, à la Bodeguita del Medio, un endroit où d'ordinaire elle n'a pas le droit d'aller, se régale d'avance en pensant à ce qu'il va lui faire avaler, dans quelques heures. Un heureux qui, alors même qu'il la regarde faire l'heureuse, pense aux fantasmes qu'il va enfin réaliser, la nuit tombée. Un heureux qui, la nuit venue, dans une *casa particular* de luxe, pose ses mains moites sur la jeune poitrine d'Inès. Un heureux qui, à moitié ivre, d'alcool, de bouffe et de désir, le cœur bardé de graisse battant la chamade dans son gros corps répugnant, plonge sa face abjecte entre les cuisses d'Inès et lape, lape, lape. Un heureux trempé d'une sueur âcre, mi-porc mi-bouc, qui saisit en seigneur les jolies fesses d'Inès, y plonge son désir de petit épargnant, ahane, et n'arrive pas à décharger, s'y reprend à deux, trois, quatre fois et puis ça y est, enfin... Il jouit, il a une voix rauque et grimace. Il est aux anges. Mais les anges, chez lui, sont bouffis. Ils ont le souffle court.

Sur la plage de Varadero a lieu le casting de ces petits pornos individuels. Chacun peut ici prêter vie à ses fictions. Le scénario varie peu. Une *jinetera* tourne autour de lui depuis cinq minutes. Elle minaude. Il lui offre une cigarette européenne ou américaine. Ça y est, elle est déjà folle de lui. Elle est ferrée. C'est tellement simple. En Europe, monsieur Marcel est englué dans une effarante misère sexuelle. A Cuba, pendant quinze jours, monsieur Marcel se transforme en star du X. Il a changé son patronyme pour celui de Siffredi.

« Marcel Siffredi, pour vous servir. » Il peut même en avoir deux, s'il veut, de ces petites « ginettes ». Bien sûr, ce n'est que pendant quinze jours que Rocco Marcel sévit comme prince du hard, mais si Rocco Marcel a emporté avec lui son camescope, il pourra filmer ses magiques ébats, et se repasser, en boucle, ses exploits, à son retour en Europe, sur la télé 16/9 à coins carrés son dolby Darty du salon ultrakitsch de son petit pavillon de Mantes-la-Jolie. Réalisateur et acteur : quel talent monsieur Marcel ! Pour l'instant, monsieur Marcel, qu'il soit français, italien ou espagnol, nage dans une mer de sexe, dans un océan de seins et de cuisses, de pubis et de fesses. Ces petites de quinze ans, quelle fraîcheur, quelle h-ardeur au travail ! L'année dernière, sept mille *jineteras* ont été raflées à Varadero et renvoyées dans leur province natale. Quand il a appris ça, monsieur Marcel a été déçu. Son collègue de travail, Jean-Louis, lui avait dit que c'était le paradis... Il ne comprend pas, monsieur Marcel. Il a tellement économisé, pour se vider les couilles pendant quinze jours ! Ne t'inquiète pas, monsieur Marcel : ton voyage sera largement rentabilisé. Autant d'expulsées, autant d'arrivées. Toutes fraîches, toutes belles, en provenance directe de Camagüey ou de Bayamo... Quel pied, monsieur Marcel... Ce que tu vas pouvoir te mettre...

*

Pas de discrimination : il y a aussi de vieilles rombières en quête de beaux Afro-Cubains. Mais elles sont plus discrètes. Elles ne palpent pas la marchandise, ou avec les yeux seulement. A quatre pattes, dans la demi-obscurité de la chambre 21, avec terrasse et jacuzzi, madame van OOringge, citoyenne de Hollande, n'en croit pas ses yeux. Tudieu quel rythme ! Madame van OOringge retrouve la libido de ses 20 ans. Derrière elle, bien campé sur ses genoux, abdominaux à fleur de peau, pectoraux ciselés en évidence, Carlos donne de subtils coups de reins. Entre dans la viande, avec maîtrise, en ressort, avec maîtrise. De temps en temps il s'éponge le front, comme un bon ouvrier qui sue au labeur. Madame van OOringge a les fesses bardées de cellulite, les seins flasques et un ventre qui tombe en plis adipeux sur un pubis trop fourni, qui gratte le visage de Carlos quand il descend entre ses cuisses, mais madame van OOringge est blanche, ça excuse tout. Et puis madame van OOringge l'emmène déjeuner dans des endroits très chic, madame van OOringge lui achète de beaux vêtements ; dans l'appartement de madame van OOringge, il peut regarder les programmes américains. De là où il est, il ne voit rien, sinon les grosses fesses blanches de madame van OOringge. Il les empoigne à pleines mains, les secoue, augmente le rythme. Maintenant, ses coups de reins ont pris de l'amplitude. Il prend toujours garde de se retenir, jusqu'à ce que madame van OOringge ait fini de hurler. Ensuite, il se libère. Il prendra de la langouste ce midi.

*

Oui. La plage est bondée et pue les fausses vacances. La vacance. La vacuité. Des vides à combler. Chacun ici veut combler des vides, en pure perte. Le vide est là, il règne, il ne bougera pas. Vous êtes les citoyens du vide. Vous ne vous viderez de rien, puisque vous-mêmes vous êtes vides. Même vos couilles sont vides.

On s'est baignés une dernière fois. C'était agréable, mais l'eau turquoise a ses limites. C'est sans regret qu'on a décampé.

Je n'ai pas répondu à la question d'Arthur. J'attends. Ma réponse est toute prête mais ça me gêne de la lui servir comme ça, froide, sur un plateau. C'est mieux que ce soit lui qui coupe les ponts. Je ne veux pas l'influencer. Du moins verbalement.

8

Dans la voiture

— Et tu n'as jamais pensé à te fixer ?

C'est moi qui conduis et c'est Arthur qui pose les questions. La Subaru glisse sur l'autopista, l'équivalent de l'autoroute. Quand je dis « équivalent », il ne faut pas être trop à cheval sur le sens du verbe « équivaloir ». En fait, il faudrait supprimer le préfixe. « Valoir », ce serait mieux ; du moins, cela supprime cette notion d'égalité qui est ici absolument caduque. Mieux encore : il faudrait dire « remplacer ». Oui, c'est ça : l'autopista *remplace* l'autoroute. Large, mais sans séparation entre les voies. Pratiquement pas de signalisation. Ce n'est pas grave : il suffit d'aller tout droit, comme à la fin des épisodes de Lucky Luke : tout droit vers là où le soleil se couche. C'est l'ouest, n'est-ce pas ? Ça tombe bien, c'est aussi là que nous allons. Direction la capitale.

Parfois, la route s'élargit de façon curieuse, sans explication. En fait, si, il y a une explication. Dans un pays en état de guerre permanent, ou du moins perpétuellement sur le qui-vive, les routes peuvent au besoin servir de pistes d'atterrissage.

Je ne me fais pas trop de souci. Le réservoir est plein (la station Cubana de Petroleo, à Varadero), le kilométrage horaire affiche un bon cent vingt. Tout va bien. Je reste concentré sur la route. Les nids-de-poule y sont fréquents, et puis les piétons aussi. Quand ils font du stop, ça va encore, mais parfois, ils traversent sans prévenir, et là ça devient gênant. Écrasez un Cubain, et vous passez dix ans dans une geôle à ciel ouvert. Un impérialiste a toujours tort.

Je scrute aussi les bas-côtés. La moindre charogne est un souci de danger. A cause des vautours, tout bêtement, qui peuvent décoller brutalement devant vous, et vous exploser le pare-brise.

En un mot, je suis un héros de la route. Un guerrier du bitume. Pied au plancher et regard de killer. Avec la voix de Thom Yorke comme fond musical. *Karma Police*.

— Me fixer ?

Je double une grosse Buick verte qui, crachotant, menaçait de s'arrêter tout bonnement sur la chaussée.

— Bah oui. Je sais pas, vivre avec une nana, quoi...

— « Vivre avec », ça veut dire quoi, Arthur ? « Vivre », ça te suffit pas ?

Un side-car des années 50 m'emmerde. J'accélère.

— Tu joues sur les mots. Fais gaffe, y a un attroupement là-bas.

Une Bel-Air en ruine s'est arrêtée sur le bas-côté. Quatre Cubains y montent. Je double.

Il reprend :

— Je voulais dire : vivre quelque chose avec une nana... Partager... Qu'elle compte... vraiment... Être avec elle, quoi...

— Tu veux dire quoi ? Qu'il y ait quelqu'un dans ma vie ?... Il y a quelqu'un dans ma vie.

— Ariane ?

— Ouais.

— Mais vous n'êtes plus ensemble...

Rafistolée du capot au coffre, antirouille cradasse sur les ailes, c'est maintenant une Studebaker 48 qui fait du zèle sur la route. En avant... Putain d'Ariane...

— Oui, elle m'a quitté, si c'est ça que tu veux dire... Mais ça change quoi, si je l'aime encore ?

Il laisse passer un silence. On entend la voix de Thom Yorke, lancinante. Chaque syllabe semble devoir être arrachée aux tréfonds d'un cerveau qui prend la flotte. *From all the unborn chicken voices in my head... huh, what's that ?* Perplexe il est. Le problème lui semble insoluble.

— Revois-la.

Là, j'ai envie de sourire. D'ailleurs, je souris. Je me tourne vers lui, amical. Ce n'est pas sa faute. Au fond, il ne connaît presque rien à l'histoire.

— Arthur... Elle m'a quitté, tu comprends. Quand quelqu'un te dit « tu es mort pour moi. Je vais faire comme si tu étais parti pour un long voyage et que tu ne devais jamais revenir », tu réagis comment ? Tu crois que c'est encore possible ?

Il a l'air triste. Il regarde par la fenêtre. Nous avons dépassé Matanzas. Maintenant, ce sont des puits de pétrole qui défilent. Une haute cheminée qui fume. Une odeur de soufre. C'est une raffinerie, mère nourricière allaitant, en continu, la nourrissonne capitale. Sur la cheminée, huit lettres majuscules, verticales, L, A, H, A, B, A, N, A, désignent le monstre qu'elle abreuve en énergie.

— Et ces filles, alors ?

— Lesquelles ? je lui demande.

En fait, ma question est inutile, puérile presque. Mais c'est le pluriel qui m'amuse... En fait, je vois très bien de quoi il veut parler. Un jour, avec Arthur, je traverse la cour de la Sorbonne. C'est une fin d'après-midi comme les autres, avec plus de lumière que d'habitude, peut-être, parce que c'est une journée de fin juin. C'est juste avant les résultats d'admissibilité et on se rend ensemble rue de Châteaudun. Juste avant, on est allé prendre un ballon de rouge pour s'enivrer et avoir moins peur. Donc, je croise une fille. Blonde mais d'un blond chaud, chaleureux ; des yeux bleus mais pas des yeux bêtes. Des yeux intelligents, des yeux étonnés, hors du monde, comme s'il y avait autre chose, ailleurs. Des yeux, donc, dirigés innocemment vers une autre dimension. Cette fille, je la connais. Je l'ai rencontrée à une fête. Elle est en maîtrise de philo, elle bosse sur Hobbes. Dans cette fête, il y avait tous ses amis et, plus grave, tous les amis de son copain. Je crois qu'il ne m'aimait pas. Mais ce con, au lieu d'intervenir — il envoyait ses potes et je faisais semblant de ne pas comprendre —, m'a laissé discuter toute la soirée avec Claire. Nous avons beaucoup dansé. Elle m'a dit que j'étais un ange. C'est un peu con, mais c'est ça qui m'a fait plaisir. Je l'ai embrassée, parce qu'elle m'avait dit que je n'oserais pas, que je ne savais que parler. Des types sont venus et ont commencé à me chercher, à parler en général des littéraires qui ne savaient que foutre leur bordel habituel. Je n'y étais pour rien.

On est convenus de se revoir dans la semaine. Il pleuvait. Au Piano-Vache, elle m'a dit que nous, les littéraires, nous ne savions que broder. Ce sont les philosophes qui tissent. C'était con, mais j'ai aimé. Elle avait l'air impalpable. Lascive, mais impalpable. Elle me parlait de son mec. C'était peut-être pour me pousser à agir, mais ces choses-là me bloquent. On s'est revus une ou deux fois. Chaque fois, elle me parlait d'Aiguillon, de la région d'où venait son type, et où ils allaient partir en week-end. C'était dans le Tarn, je crois. Il y avait des châteaux cathares et ils allaient les visiter. Une petite vie sympathique. Peut-être bien qu'elle s'en était lassée. Mais elle ne m'a pas donné de véritables signes. Notre dernier rendez-vous fut très pénible. Je n'avais plus rien à lui dire. Elle a pris un thé. C'était au Petit Suisse, à côté du Luxembourg. Je n'avais qu'une heure. Elle m'a raccompagné sous la flotte jusqu'à Sainte-Geneviève où je bossais toute la journée. Il était dix-huit heures mais je travaillais avec Raphaël jusqu'à tard dans la soirée. Elle a tenu à me montrer un truc dans l'église Saint-Etienne-du-Mont, un retable baroque, je crois, enfin je ne sais plus exactement. L'église était fermée. On a fait demi-tour. Elle se serrait dans sa veste en laine. C'est vrai qu'il faisait froid et puis la pluie griffait. On s'est arrêtés au seuil de la bibliothèque. Grand bâtiment blanc, pierre pompeuse. Vaste escalier, avec un vigile en uniforme. Elle m'a lancé un de ses regards bleutés qui ont l'air de passer à travers vous, comme si vous étiez transparent. Je ne l'ai pas prise dans mes bras. Je ne l'ai pas embrassée. Je n'ai rien fait. J'étais persuadé qu'elle perdrait tout avec moi.

Cet après-midi-là, donc, je la croise. Quelques mois qu'on ne s'était pas vus. Un ou deux, pas plus. J'ai lu un souvenir d'espoir dans ses yeux. On ne s'est pas dit grand-chose. Je lui ai présenté Arthur, et puis, je lui ai redemandé son numéro. J'ai mis mon absence sur le compte de l'agreg. Ça arrangeait tout le monde, ce type d'excuse. Au moins l'honneur des deux parties était sauf. Elle avait l'air déconnectée et ça m'aurait fait plaisir qu'on déconnecte ensemble. En fin d'après-midi, à l'heure du thé. Et puis on s'est dit au revoir.

Arthur, bien sûr, ne l'avait jamais vue. Elle ne faisait pas partie du petit essaim qui tourbillonnait autour de nous ; autour de lui, plus exactement. Elle ne faisait pas partie du sérail : agreg de lettres modernes, classiques, et grammaire. Non, elle était en philo et c'était autre chose. Une sorte d'incartade, une façon de déroger à la règle. « C'est incroyable, il te les faut toutes. Tu es insatiable. » Il n'avait pas compris que pour moi, une fille est d'abord une histoire, un contexte. Une romance en miniature. Claire a raison : je brode. Même en amour je brode.

— Ces filles, les autres... Tu t'en fous, non ?

— Non. Tu te trompes.

— Mais on dirait pourtant. Tu vis quoi avec elles ? Une nuit ?

— Arthur... Une question toute bête : l'intensité a-t-elle un quelconque rapport avec la durée ?

— Non, bien sûr, mais une nuit...

J'appuie sur l'accélérateur. Une charrette à pneus, tirée par un cheval grabataire, clopin-clopant.

— Ce qu'elles me révèlent en une nuit vaut de l'or. C'est quelque chose de pur que je ne veux pas gâcher avec le quotidien. C'est instantané, doux et violent. Si tu veux tout savoir, ce n'est pas le plaisir physique qui m'importe le plus. C'est davantage le fait qu'on est allés au fond des choses, au cœur d'une intimité également partagée. Au fond d'un corps et d'une personnalité. Nous savons qu'on ne pourra pas revenir en arrière, que ce qui est fait est fait et que quoi qu'il en soit, nous n'oublierons jamais ce que nous nous sommes donné. Le moment a été consommé, *consumé*, si tu veux. Je ne vois pas ce que m'apporterait de plus le fait de vivre avec elle...

— Mais pourquoi tu dis ça ?... Je veux dire... de cette façon ? Partager le quotidien, ça peut être chouette.

— Oui, tu as raison mais pour ça il faut *aimer*. Et moi, je ne les aime pas assez. Du moins je ne les aime pas en elles-mêmes...

— ...

— Eh bien... ce qui m'intéresse, c'est qu'elles fassent partie d'un tout... Et c'est ce tout que j'aime.

— Et ce tout... c'est ?

— La femme.

Il semblait intéressé. Mais aussi intrigué, et un peu triste.

— Mais, dans ce cas, tu peux ne jamais t'arrêter...

— T'as complètement raison... J'ai besoin de saisir le maximum de facettes de cette chose qu'est la femme et qui me fascine. Alors, toute nouvelle rencontre est essentielle. Ce n'est pas l'être que je regarde mais la femme qu'elle représente. C'est d'ailleurs pourquoi tout échec, toute rencontre ratée me bouleverse. Encore une fois, ce n'est pas une question de plaisir perdu, non... L'enjeu est bien plus important. Ce sont des moments riches dans lesquels je veux me fondre. Toucher la femme. Toujours.

Le paysage était délicieux. Nous retrouvions la côte. J'ai ajouté, pour en finir :

— C'est pourquoi même quelqu'un comme Blanca est essentiel. Non pas au regard du plaisir qu'elle m'a donné, non, ce n'est pas ça... Bien sûr ça compte mais ce n'est pas ça... Non, c'est la complexité de la femme que je veux approcher, sa multiplicité. Plusieurs corps pour une même chose, c'est fascinant, tu ne trouves pas ? On plonge dans quelque chose d'unique, de mythique : les méandres de la métamorphose, Protée, les Barbapapas...

Il souriait.

— Tu me sidères... Si je comprends bien, c'est toutes les femmes, toutes les filles qui t'intéressent. Si nous en rencontrons une dans deux heures...

— Mais non... Uniquement si elle éveille un truc en moi. Si elle prend place dans un certain univers. Elle doit représenter quelque chose... Elle doit être une possible médiation... Elle doit être un jalon. Une étape. Un visage de la femme qui signifie ; et c'est moi seul qui détermine quel sens elle a...

— Et dans quel sens tu la prends...

— T'es con.

*

La route de Varadero à La Havane porte le doux nom de Circuit bleu. Je trouve ça joli.

La Subaru longe la mer. Il fait bon. Chaud, même, mais pas trop. Bon. Arthur est gai. Il plaisante. Il a l'air léger. Moi je conduis. En fait, j'aime assez conduire sur cette foutue route cubaine. J'ai l'impression de remonter dans le temps, de vivre les années 50 par procuration. Notre Subaru fraye avec les « Belles Américaines ». J'ai toujours l'impression, quand je grille une Cadillac vert pomme, une Chevrolet rose bonbon ou une vieille Ford chromée, que la vitre va se baisser sur une silhouette en panama, mitraillette Thompson au poing, et que j'irai finir ma course dans le talus, dans un concert de balles. Mais non : c'est toujours un amical Cubain au volant. Le plus souvent il me sourit. Et puis parfois c'est une famille entière.

Toujours la voix de Thom Yorke qui pleure. Radiohead, *Let down. Transport. Motorways and tramlines. Starting and then stopping. Taking off and landing. The emptiest of feelings. Sentimental drivel.*

— Au fait. Je voulais te dire que je suis content d'être là... Au cas où tu en douterais.

Je tourne la tête vers lui, touché. Je tente de répondre quelque chose, de remuer le couteau dans la plaie.

— T'es sûr ? Tu ne regrettes pas l'île de Ré, Marion...

Il secoue la tête.

— C'est sûr, ça serait peut-être plus reposant... Mais au moins là, je me sens libre, je me sens vivre... Rien n'est prévu. Si, le dîner chez Angélique, à La Havane. Mais c'est tout... Sinon, rien de prévu...

Angélique. Nous la verrions demain. Jusque-là... Rien à faire, ou plutôt, tout à faire...

— Dis donc, ça te dit de te baigner ?

Non, ce n'est pas pour le noyer. Pas encore. Il y a tant de choses à faire, avant. Le démon de l'agreg m'a quitté. Pour combien de temps, je ne sais pas.

— Alors, ça te dit ?

— *Let's go.*

J'ai quitté l'autopista. Embranchement Puente de Jibacoa.

C'était la fin de l'après-midi. En traversant le petit village, on s'est fait héler par un petit Cubain. Toujours heureux de faire un tour dans une bagnole neuve. Eux, le charme des vieilles Cadillac poussives, ils en ont marre.

Limon qu'il s'appelle. On ne sait pas pourquoi mais en tout cas tout le monde le connaît ici. C'est la star, l'étoile montante de Jibacoa. Espiègle lutin, petit faune à face de citron. Il a seize ans et sort avec sa prof d'anglais. C'est un jeune prodige, Limon, un petit morceau d'écorce fraîche dans ce bled du bout du monde.

Donnant donnant. En échange du tour de bagnole, on lui a demandé de nous conduire à la plus belle plage. Et pas de touristes, on lui a dit. C'était d'accord mais il fallait d'abord qu'il passe chez lui. Une ruse pour refaire un tour de village ? Non, Limon voulait écouter les Beatles. Il est allé chercher plusieurs cassettes.

A travers les champs de canne avec *I wanna hold your hand* en fond sonore. C'était royal.

Une vaste étendue de sable. Une longue digue de bois défoncée. Une petite cahute où un type jovial broie des cannes à sucre pour la jeunesse de Jibacoa. Une machine infernale d'où il tire un jus délicieux. Je m'en gorge avec frénésie. Limon nous présente aux jeunes lianes qui paressent au bord de l'eau. Un paradis pour pédophile. Mais ici, ce n'est pas Varadero. Que des gens bien. Je joue au ballon avec Louisa et Maria. Elles seront belles, plus tard. Arthur défie les petits Cubains au plongeon. Il perd, et de loin. L'eau est tiède. Le soleil déclinant caresse ma peau. Louisa et Maria me tirent de ma rêverie. Elles me prennent par la main et m'entraînent vers la cahute au jus de canne. Déjà, des réflexes de femmes. Entretenues, à leur âge...

La plage s'est vidée. Limon a dit qu'il nous trouverait un endroit où manger et dormir.

La Subaru a passé la nuit en compagnie des

camions de l'armée. Parking surveillé. De loin, la meilleure planque.

La soirée fut exquise. On a dîné et dormi chez Doc Gyneco, enfin, chez Roberto, un gyneco. Roberto a une adorable femme et une adorable petite fille. Nous avons discuté toute la soirée. Des questions précises, sur le régime castriste, la vie ici, quoi. Limon a tenu à servir d'interprète. Le lendemain, au moment de partir, j'avais presque le cœur serré. Limon aimerait qu'à notre retour, on lui envoie un petit dictionnaire anglais-espagnol. Il n'y en a pas ici.

9

Le quartier des ambassades

Maintenant, il ne nous reste que quelques jours. Tout va être une question de timing. Négocier le moment. Je ne sais pas encore ce que nous réserve l'avenir, si je vais le supprimer ici, quel sera mon rôle dans sa vie, exactement. Je ne sais pas. J'écris sur mon vieux carnet noir à bord rouge. Un papier assez épais, du genre parcheminé, où l'encre se dépose avec suavité. Un papier attentif à la saveur des choses anciennes. Un truc que j'ai ramené d'Inde. Je traîne l'Inde avec moi depuis plus d'un an. Je traîne Ariane avec moi depuis plus d'un an. J'ignore quand j'arriverai enfin à m'en débarrasser. Peut-être qu'un jour je la tuerai, d'une balle dans la tête, proprement, au sortir d'un café, droit dans les yeux. Et puis non, je me tuerai moi-même. En partant loin, au Japon par exemple, comme le type du polar que je viens de terminer sous la lampe verte de la chambre ; j'y apprendrai le tir à l'arc et, de retour en Europe, deviendrai un tueur à gages de la pire espèce.

Arthur est parti faire un tour. Il est bizarre depuis qu'on a remis les pieds à La Havane. C'est drôle. Il semble inquiet. Je ne l'ai pas encore dit, mais Arthur est rarement loquace sur ce qui lui tient à cœur. On dirait qu'il attend quelque chose.

Dehors, un moteur pétarade. La chambre est spacieuse. Les volets sont tirés, à cause de la chaleur. La lumière verte confère à la pièce une dimension surprenante. Un plafond haut, lézardé. Un grand lit baroque avec des moulures, auquel fait face une coiffeuse années 30. Quatre mètres carrés de miroir s'y déploient. Surface polie et pâlie, brunâtre dans les coins. La patine des temps. Mais ça ne sent pas le vieux ici. Ça sentirait plutôt le hors-temps. Le carrelage mosaïque, sur le sol, est défoncé. On voit le béton par endroit. Quelques moustiques, qui viennent s'implanter dans ma peau nue. Et puis c'est tout. Je suis seul dans ce vieux palais du Vedado, un vieux palais en ruine qui ne demande plus rien à personne.

Il fait moite. Un fil invisible me retient à la vie. J'aimerais rester là pour l'éternité. Je sens que j'aimerais vivre dans cette ville, y avoir un petit appartement, y dormir, y écrire, y faire l'amour parmi les sons étouffés et l'air du temps qui vacille. Découvrir le moindre recoin de cette ville moribonde et diablement vivante à la fois, parce que l'approche de la mort galvanise toujours étonnamment.

Arthur est revenu. J'entends l'eau couler de l'autre côté de la cloison. Les canalisations grincent. Il jure. L'eau vient de couper, sans doute.

Il a frappé avant d'entrer, torse nu.

— Bon, je me sape comment pour ce soir ?

Le ton est sec. Passablement irrité. Je chasse les moustiques d'une gifle bien dosée. Je me redresse.

— T'es sûr que ça va ?

Il n'a pas répondu tout de suite.

— Qu'est-ce qu'il y a ? T'étais où ?

— Le long du Malecon. J'suis allé prendre l'air. La nuit est tombée. Ecoute, j'ai pas trop envie d'y aller, ce soir.

Je reste interdit.

— Qu'est-ce qui se passe ?

Silence. Il baisse la tête. Passe une chemise, et me pique une Popular. D'habitude, il ne fume pas.

— J'sais pas. Ça me fait chier d'aller dans Miramar. C'est vrai, on est là pendant quelques jours encore, on va pas aller s'imposer des corvées mondaines.

— Attends, on reste pas toute la nuit... Et puis, c'est prévu depuis longtemps. On peut pas décommander. Ils ont été chouettes avec nous. On peut pas refuser. Et puis, il est... Il est quelle heure ?

J'ai tendu le bras vers une petite table de chevet, saisi ma montre.

— Dix-neuf heures. Non, c'est trop tard. On doit y être dans deux heures.

— On peut dire que je suis malade.

— Repousser ?

Il a tiré longuement sur sa cigarette. Une latte plutôt nerveuse. La fumée est montée verticalement, et puis s'est dispersée en effleurant le plafond.

— Écoute, si tu veux, on repousse à un autre jour. Je veux bien appeler.

— Ouais. Appelle. Je te remercie.

La vieille aristo a souri. Bien sûr, le téléphone était fait pour ça. Elle, elle ne téléphonait plus beaucoup alors pour une fois qu'il servait...

J'ai eu le majordome. Monsieur et madame Moreau étaient à l'ambassade pour une réception. Ils revenaient pour vingt et une heures et ils avaient deux invités, deux jeunes Français, ajouta-t-il. Il serait très difficile de les joindre ce soir, conclut-il, du même ton. Je n'ai pas cru bon d'ajouter qu'en l'occurrence j'étais l'un des deux invités.

— *Muchas gracías.*

Et puis j'ai raccroché.

Arthur était étendu sur mon lit, clope à la main, pensif. En me voyant entrer il s'est levé, comme monté sur ressort. Un diablotin qui sort de sa boîte.

— Alors ?

J'ai tranché.

— C'est râpé, mec. Ils sont sortis. Injoignables. On est attendus pour vingt et une heures. Alors tu mets tes réticences en veilleuse et tu cours te fringuer.

Le taxi a mis du temps à trouver. Les Cubains, et surtout les taxis du Vedado, s'aventurent très rarement dans Miramar, la zone résidentielle de la ville, à l'extrême ouest. A croire que toutes les capitales se donnent le mot : à Paris aussi le XVIe est à l'ouest.

Je me laisse bercer par la vieille Buick qui ronronne. Un petit magnéto a été soudé au tableau de bord : de la salsa. Tout à l'heure, on a eu une alerte. Des flics au coin de la rue. On a dû se recroqueviller sur la banquette en skaï. Toujours la même musique, avec les taxis clandestins. Mais pour l'instant c'est de la salsa et je me laisse envelopper par la tiédeur de la nuit. Je tire de longues bouffées sur une Montecristo. Ça me change des Popular. Arthur, lui, est en éveil et les deux canettes de Mayabé qu'il vient de s'enfiler n'ont pas l'air de le plonger dans la torpeur. Juste une envie de pisser, qu'il soulage contre les murs d'une ambassade quelconque. Miramar, c'est un peu Ambassade City : alors que les palais du Vedado se laissent aller à la décadence, ceux de Miramar affichent un faste certain. Pierre blanche, rose, jardins fleuris, ombrages recherchés, cultivés. Ici, les ambassades ne sauraient tutoyer autre chose que des ambassades, à la rigueur les villas de ceux qui y travaillent, et qui exhibent les attributs de rigueur : piscines et hibiscus pour soirées mondaines, dans la tiédeur des nuits havanaises. Mesdames et messieurs, bienvenue aux soirées de l'ambassadeur.

Le taxi sonne faux dans le silence du décorum pimpant clinquant de Miramar. Il s'arrête en crachotant. Nous descendons.

La résidence des Moreau est plus imposante de nuit que de jour. Cernée par les projecteurs, elle brille de tous ses feux.

C'est Ernesto, le majordome, ou quelque chose comme ça, qui nous a ouvert. Monsieur et madame Moreau ne sauraient tarder. Si nous voulions bien patienter dans le salon blanc... Nous ne nous fîmes pas prier. J'ai pris d'assaut un vaste fauteuil de cuir immaculé. Arthur, lui, ne s'assit pas. Il faisait les cent pas dans la pièce si bien qu'Ernesto, précédé par un plateau où tremblaient des verres prometteurs, dut l'en prier une seconde fois.

Les *mojitos* d'Ernesto brisaient toute velléité de résistance. Au bout de deux verres, Arthur se montra nettement plus avenant.

— T'as eu raison de me pousser à venir, me dit-il.

Surpris, je lui ai répliqué que je n'y étais pour rien, qu'il m'avait été impossible de décommander..., c'est tout. La fraîcheur de la pièce influait sur mon organisme. Je me sentais glisser dans un bien-être cotonneux, jambes lourdes et tête dans les nuages. Arthur s'était levé et taquinait l'ara d'Angélique, en essayant de lui arracher une plume.

Ernesto vint s'excuser. Monsieur et madame Moreau ne seraient pas longs. Je m'en foutais, j'étais bien là. Je décidai de me laisser aller à ma béatitude croissante et lui demandai un autre *mojito*. Ce qu'Arthur faisait, maintenant je m'en foutais. Je tirais de voluptueuses bouffées de ma cigarette. Les senteurs des arbres du jardin me ravissaient les papilles. J'étais un papillon, ou un héros de Scott Fitzgerald.

Quand Ernesto nous a fait signe qu'ils arrivaient, je n'ai pas respecté les paliers de décompression. S'arracher de sa rêverie est déjà difficile, alors avec trois cocktails de bon rhum, sous les tropiques, dans le salon blanc d'une villa des hauteurs de La Havane, pourquoi tenter de le faire ?

Ce fut un crash plus qu'un atterrissage. Une

apparition qui me flingua en plein vol. Je ne la reconnaissais pas, tout bêtement.

Un spectre en noir. Cheveux d'un blond chaud, courts, tirés en arrière. Maquillage savant qui accusait les traits de son visage à la fois dur et sensuel, précisément à cause de sa dureté. Peau bronzée, cou coupé par l'or des plaquettes d'un collier qu'elle avait dû emprunter à Néfertiti ou à Sémiramis. Décolleté tragique de la peau brune renflée et puis cette robe noire longue et fendue, splendide, la peau brune des cuisses entraperçue par endroits. Elle envoya ses escarpins valser à l'autre bout du salon. Des pieds de danseuses, têtus, le coup de pied franc. Son caractère se devinait à sa courbe. Mon souffle fut tranché d'un coup de son sourire.

Caressante : « Bonjour Arthur. »

Blessante : « Bonjour César. Alors, ce pèlerinage révolutionnaire ? »

A côté d'elle, Jean-Paul était un cave.

J'ai eu du mal à m'exprimer pendant le repas. Dur défi que celui de répondre à ses piques. Angélique n'était pas tendre avec votre serviteur. J'avais eu le malheur de porter, lors de notre première rencontre, une chemise à col Mao. J'avais les cheveux un peu longs. J'étais aisément caricaturable pour elle. Un jeune exalté enchanté par le modèle cubain, avec trente ans de retard.

Arthur fut brillant. Plein de verve. Ouais brillant. J'ai vite capitulé. Quand une femme passe son temps à essayer de m'étouffer, je suffoque très vite. Au jeu de la douche froide, je suis mauvais perdant. Plutôt que de m'enrhumer bêtement, je préfère en sortir.

J'ai très vite vu qu'elle plaisait à Arthur. Il était trop tard pour inverser les courants. J'ai été grand prince et ça me surprend encore. Je me suis rabattu sur la conversation de Jean-Paul et ses déboires en Tanzanie. Ses premières armes dans la diplomatie. Ensuite, il a abordé le sujet « Cubaine ». Je n'ai pas hésité. J'ai mis les deux pieds dans le plat. Je voulais bien perdre, mais avec les honneurs. A d'autres l'humiliation. J'avais peut-être une chance de regagner Angélique. Elle venait de me lancer, gratuitement, comme ça, sans que nous ayons auparavant abordé le sujet, que mon grand problème, ce serait les femmes. Je ne sais pas sur quoi elle se fondait. Si... Elle m'avait demandé si je vivais seul, si j'avais une « petite », de façon attitrée. J'avais répondu que non, et c'est là qu'elle avait dit que mon grand problème, ce serait les femmes. A Arthur, elle a posé la même question. Il a répondu qu'il vivait depuis six ans avec Marion. Aucun froid ; elle a semblé être comblée. Trouver ça bien, même. Elle m'a déçu, à ce moment-là. Toutes les occasions étaient bonnes pour me moucher... alors quand Jean-Paul m'a demandé si j'avais testé les produit cubains, je n'ai pas hésité. J'ai même embelli le scénario. Quand ça devenait trop trash, je m'arrêtais dans mon élan... Sophrologie, toujours... Je disais à Jean-Paul que nous en reparlerions au café. Angélique a blêmi. A mon tour je la blessais. Et puis Jean-Paul était véritablement un spécialiste. Il se livra à une petite étude comparative : les Cubaines d'un côté, et puis les Africaines. Le dîner devenait tendu. Arthur a pris le parti de la politique d'*appeasement*. Il se posait en jeune homme « bien », le seul être moral de la soirée. Les rôles étaient depuis longtemps distribués : Angélique en chienne de la pire espèce, Jean-Paul en queutard de première catégorie et moi en jeune con irresponsable, en sale gosse énervé.

Et alors, il y a eu le café et l'invitation d'Angélique à Arthur, sous le regard désinvolte et blasé de Jean-Paul. Une invitation toute propre. Visiter la maison, rien de plus. Sauf que nous avions déjà tous passablement bu. Que le Gigondas, ça tape. Surtout après trois *mojitos*, et un rhum *anejo* — le parfum des choses mortes — en guise d'auxiliaire à la digestion. Jean-Paul a levé vers moi son sourcil ombrageux. « Vingt-cinq ans de moins... Tu crois que c'est raisonnable, toi ? » Je n'ai pas su quoi répondre. Je lui ai dit qu'on se foutait de l'âge, enfin, une connerie de ce genre. L'ambiance n'était pas au beau fixe. L'orage s'annonçait et, comme je l'ai dit, je n'étais pas au mieux de ma forme. Les minutes duraient des heures. Angélique avait précédé Arthur dans l'escalier. Et moi je me tapais Jean-Paul que je sentais de plus en plus cynique. Il m'a emmené sur la terrasse, m'a dit ces simples mots :

— Ne te marie jamais.

L'air était doux, tiède. La verdure ombrageait encore un peu plus la nuit. Omniprésente, un tissu noir et soyeux, comme la robe d'Angélique, mais piquée d'étoiles.

— Elle n'est pas heureuse avec moi. Je le sais.

Je suis tout le temps en vadrouille. J'aime ce foutu pays et ces foutues Cubaines. Je sais qu'elle s'ennuie terriblement ici. Elle se rend bien compte que je ne l'aime pas ; du moins, comme un mari devrait aimer sa femme.

J'ai essayé de l'interrompre, mais le flot était lancé.

— Je n'ai jamais su m'occuper d'une femme... je veux dire... sorti de l'érotisme.

Il m'a offert un cigare. Un Romeo et Juliette parfumé. Encore une fois le goût des choses mortes. Une fumée diabolique qui décuple vos pensées. J'ai vu un abîme devant moi et un homme dans la force de l'âge qui y tombait. Une lassitude force dix. Un type d'homme qu'on croit à l'abri de la métaphysique, imperméable au doute. Et pourtant... Il n'y a que les bons nageurs qui se noient.

— Garde ta jeunesse... longtemps. Fonce et baise la vie...

La conversation s'arrêta là. Arthur et Angélique étaient revenus. Je regardai ma montre. Ils n'étaient pas partis plus d'un quart d'heure.

10

Errances havanaises

La vie est belle. On ne s'en rend pas assez compte.

Sur la commode, j'ai sorti les dollars qui me restent. Quelques liasses, comme tombées du ciel. Une impression d'opulence. Ici, je suis un nabab. J'ai expliqué à mon banquier qu'à la rentrée, j'allais être agrégé. Il m'a félicité et m'a autorisé un découvert. Je n'ai jamais eu beaucoup d'argent, mais ça ne fait rien. Moins je possède, plus je me sens libre. Posséder engendre le souci. Voilà pourquoi je ne possède quasiment rien.

Pour l'instant je ne fais rien. Je suis étendu sur mon lit. Je suis nu sous la lampe verte. Je suis oisif. J'ai vingt-trois ans, et près de moi il y a des centaines de dollars qui dorment, sûrs de leur force.

J'ai commis des erreurs dans ma vie. Je n'ai pas été « performant », comme on dit. Maintenant, je réussirai tout. Tout. Absolument tout. Parce qu'il le faut.

Sur le plan sentimental, c'est un vide certain. Mais ça ne me gêne pas. J'ai des maîtresses. Des filles que je peux, à tout moment, rejoindre dans leur lit et caresser jusqu'à ce que petite mort s'ensuive. C'est réconfortant, parfois. J'ai connu le grand amour, mais il est mort. Je ne suis pas de ceux qui croient que les phénix ressuscitent. Ce n'est pas pour autant que je pleure sur le passé. C'est une chose morte : il est révolu, c'est-à-dire qu'il a tourné. Je suis un peu girouette moi-même. Ça m'aide à me renouveler. Seul m'intéresse, dorénavant, l'instant, et les autres instants qui s'ensuivront.

Je suis aussi très impatient, et là, Arthur commence vraiment à me courir sur le système.

*

— Bon alors, il s'est passé quoi, là-haut ?

Il rigole, le con. Renversé sur son lit, il rigole.

— Mais rien, voyons. Elle m'a fait visiter la maison, c'est tout.

— Arthur... J'ai dû endurer les états dépressifs de Jean-Paul quand tu batifolais avec elle, alors putain, merde, elle t'a dit quoi ?... T'as pas dégoisé un mot dans le taxi, tout à l'heure... Tu vas la revoir ?...

— A ton avis ?

— Pauvre con...

Je n'avais pas l'habitude qu'on me traite ainsi. Après tout, c'est moi qui avais eu ce contact à La Havane. J'étais en droit de savoir.

— J'ai pas envie de te le dire. C'est moi que ça regarde.

— Arthur, elle est belle, et je veux savoir. C'est moi qui te l'ai présentée. Dis-moi si tu vas la revoir... Et puis, je suis amoureux d'elle...

Là, j'y suis allé un peu fort. Mais il fallait qu'il comprenne... J'ai pris mon visage le plus torturé. Le plus romantique. Il n'a donc eu aucun mal à prétendre jouer les bourreaux.

— Eh bien, c'est dommage, qu'elle t'ait plu comme ça, parce que elle, elle s'en fout pas mal de ta petite gueule et de tes airs d'écrivain maudit. Elle préfère les vrais hommes... pas les petites frappes comme toi, les apprentis Guevara en col Mao...

Il avait dit ça sur un ton qui ne me plaisait pas du tout. Faussement détaché, sans me regarder vraiment. J'étais debout dans sa chambre. Il était allongé sur son lit et faisait le beau. J'ai empoigné un oreiller et puis j'ai avancé vers lui.

— Tu fais dans le pastiche, maintenant ?

Il n'a pas pu parer l'attaque et une demi-seconde après, j'avais enfoui sa tête d'agrégé sous le kilo de plumes d'oie de l'oreiller. Je le maintenais de toutes mes forces. Je n'avais plus la moindre envie de plaisanter. Au début, mon geste n'avait rien eu d'offensif, mais à présent, mon cerveau me révélait toutes les possibilités contenues dans cette pression d'un vulgaire oreiller contre les orifices respiratoires de mon compagnon de route. Il avait dû penser que je plaisantais, que cette étreinte allait cesser. Mais j'appuyais, sans dire mot. Et puis cette femme me plaisait. Me plaisait vraiment. Ses sarcasmes avaient attisé les feux de ma convoitise. Cette femme me cherchait... Si c'est un agrégé qu'elle voulait, eh bien ça n'allait pas tarder... Quelques secondes encore et c'était gagné.

Un coup de genou au niveau de l'entrecuisse mit un point final à mes spéculations.

J'ai hurlé de douleur, le dos contre le carrelage. Il s'était débarrassé de l'oreiller.

— C'est bon, t'as gagné.

C'est tout ce que j'ai pu dire pour sauver l'honneur.

A présent, c'est cette mélancolie qui me reprend. Je ne suis pas fier de moi. Quelle inconséquence... On se sent bien, et puis on rate un meurtre, une femme s'envole, et c'en est fini de votre bonne humeur...

Va te faire foutre, César... Je ne suis qu'un sale gosse trop gâté. Qui voudrait faire plein de choses, mais qui se sent prisonnier de son époque. Qui a raté son agreg et qui voit partir ses projets en fumée incolore. Alors voilà, je traîne mes godasses du côté du Malecon, La Havane, Cuba, Caraïbes... Parce que peut-être, l'Occident est mort, j'ai voulu partir là... Pour deux semaines... Ma révolution à moi. Mais où est le virage à cent quatre-vingts, le nouveau départ ? Tout est-il révolu ? Je délire.

Le long du Malecon, boulevard marin apocalyptique où s'étendent, en enfilade, de vieux palais néo-baroques en ruine à la façade repeinte, vert, bleu, rose, tout cela bien entendu délavé, toute la cubanité s'aère la tête. Venues de l'océan Atlantique et de la Floride ennemie, les vagues explosent sur les rochers dégueulasses d'ordures où, le jour, les petits Blacks font du sous-l'eau, avec des masques de fortune. J'arpente le boulevard, le long des arcades et des balcons figés dans le temps et dans l'oubli, squattés à en mourir. Les Buick et les Cadillac passent devant moi. Bruits métalliques suspects, moteurs rafistolés, jantes brinquebalantes et carlingue badigeonnée d'antirouille. L'Occident est mort. L'empire du kitsch et les palais compassés ouverts à tous vents, le vent marin et salé venu de la mer et puis celui aussi de la décadence. Une ville où l'on s'en fout, qui s'en va à vau-l'eau, comme une Venise tropicale dont les doges portent des treillis kaki et des barbes brunes, parfois poivre et sel, les *fifties* avec la fin de siècle en sus. Je passe le glacier Coppelia. Ce n'est pas désert, loin de là. Il y a là de jolies filles, des « paires de fesses accrocheuses », comme disait Miller. Elles se déclinent du blond duveteux au noir le plus ébène. Leurs jambes et leurs décolletés font du stop. Parfois, une Belle Américaine s'arrête, dans un bruit métallique. Elles portent des shorts très courts, qui mettent en valeur des formes rebondies mais musclées ; des hauts qui laissent leur nombril à découvert et aussi la naissance, et parfois plus, de leurs seins haut placés. Il fait lourd sous les étoiles. Il y a aussi des familles entières, le père aux moustaches grises qui tire sur un vieux havane au bout incandescent, la mère, fessue, hanchue, qui a vécu, et puis les gosses, qui courent et s'agitent, vous demandent des *caramelos*. « Promenade des Anglais » sans les bourgeois, rendez-vous des amoureux qui ne sont pas transis, j'arpente tout ça en me disant que là-bas, dans une grande chambre d'une villa coloniale de Miramar, la peau veloutée d'Angélique est peut-être à nu, que cette femme de vingt-six ans contemple peut-être ses seins fermes dans un grand miroir aux bords ouvragés, qu'elle examine peut-être attentivement la courbe de ses fesses avec l'inquiétude de celle qui sait qu'elle va vieillir. Et je me dis aussi que cette femme je ne l'aurai pas, que je ne ferai jamais l'amour dans une grande chambre d'une villa coloniale de Miramar.

Plus loin, il y a une vaste place au bord de la mer, où des Jamaïcains font parler leur corps. On y entend une soupe de reggae servie par des enceintes très cheap. Je m'approche, mais les regards sont hostiles. J'achète un verre de rhum de dernière catégorie. Cela me va. Les regards sont hostiles. Cela me va.

Je bois beaucoup. Je marche beaucoup. Je raisonne peu. Je me sens prêt à frayer avec ce peuple. Clope au bec et cœur battant, je marche dans la Vieille Havane. C'est mal éclairé. On me scrute. Il y a des militaires à chaque coin de rues. Le paquet y passe. J'approvisionne la jeunesse de La Havane en nicotine. L'Europe me dégoûte. Je partirai. Ces types de vingt ans qui raisonnent en analystes me désespèrent. A vingt ans on jouit, et on se pose les questions après, si toutefois il y a lieu de s'en poser. Quarante, cinquante ans, soixante, soixante-dix, le timing est certain, ne laisse sa chance à personne : un jour, la mort viendra nous demander de préparer nos valises pour la pourriture, pour les fameuses vacances dans le coma... Il faudra alors regarder en arrière avec un grand sourire complice adressé à la vie. Je me sens prêt à faire de grandes choses, à m'adapter, à vivre au climax sous tous les climats. Il n'y aura de bonheur que pour ceux qui sauront changer, dessiller leurs yeux et regarder vers les différences. Une peau blanche ne sera jamais semblable à une peau noire.

Je m'asseois à la terrasse du Patio. A deux pas de la cathédrale, où on avait entreposé les cendres de Christophe Colomb, sous les arcades de la nef centrale. Et puis en 1898, c'est Séville qui les a récupérées, les cendres du mythique Cristobal. Je sirotais un daïquiri en écoutant un groupe de femmes musiciennes quand j'ai croisé le regard d'Iris. Il fait bon, de cette tiédeur qui vous apaise. Il y avait à côté de moi une grande table, au milieu de laquelle braillait un Espagnol. Don Luis, m'a dit Iris, travaille dans l'import-export. Il vit un mois sur deux ici, à La Havane, dans un appartement cossu. Iris est sa maîtresse ; elle ne me l'a pas dit mais je le devine, parce que Iris est la plus belle. C'est une métisse au regard profond, mélancolique aussi, ce qui est rare ici. Autre rareté, Iris parle français. Elle porte un béret noir et une robe courte. Elle est vêtue avec classe. Don Luis régalait la tablée. A boire et à manger pour ses maîtresses et ses admirateurs. Parmi eux, un Noir looké islamiste soudanais, un sosie, en plus jeune, de Hassan El Tourabi. Ou de Malcolm X. Lunettes cerclées de métal, grande tunique blanche et petit bonnet rond de laine. A un moment, un gosse a surgi. Pieds nus, en tee-shirt, quinze ans à peine. Il a fait irruption sur la terrasse du Patio, en sautant par-dessus les plantes vertes qui forment un écran et s'est rué sur le sosie de Tourabi. Les coups de poings ont fait un bruit étrange de gifle, un bruit très ouvert, un bruit de réel. Les lunettes cerclées d'acier sont tombées sur le sol carrelé. Tourabi s'est défendu, mais l'adolescent avait déjà regagné la nuit, de ce même bond de cabri qui lui avait permis de pénétrer dans cette enceinte où boivent et mangent les riches. Cette violence m'a ébranlé, et puis don Luis s'est remis à rire. Un rire gras d'investisseur étranger, un rire de parvenu du commerce, un rire de faux mécène, un rire monstrueux. *Saturne dévorant ses enfants*. C'est à Goya que j'ai pensé. Iris s'est tournée vers moi et m'a dit « on s'en va ».

Elle habitait près de la Bodeguita del Medio. C'était un petit appartement joliment décoré, plein de goût. Iris part en Italie dans deux semaines. Elle va danser là-bas. C'est la maîtresse de don Luis. Maintenant, elle me le dit, en me servant un verre de rhum *anejo*.

Elle m'a dit que je ne la reverrais plus, que c'était comme ça avec elle, sauf si on était riche. Alors, elle vous suivait au bout du monde. C'était triste mais c'était comme ça. Il fallait bien qu'elle vive, et puis elle avait des goûts de luxe alors autant se servir de sa beauté et de ce qu'elle a joliment appelé ses « dons d'amour ». L'appartement de La Havane, c'est don Luis qui le payait. Ce soir, don Luis ne viendrait pas la rejoindre. Il l'avait vue quitter le Patio avec moi. Ça ne le blessait pas, don Luis. Il se consolerait ce soir avec

Conception, une autre métisse. Je n'ai pas posé de questions sur ce mode de fonctionnement. Seul m'intéressait le regard d'Iris teinté de mélancolie, ce beau regard que menaçait le voile des larmes. Mais Iris était forte. Les larmes, c'était pas pour elle. Elle était au-dessus de ça.

Iris nue, jambes croisées, dans une bergère couverte d'un tissu écarlate, aspirant légèrement la fumée d'une Montecristo, valait tous les tableaux. Elle a remis ce béret qui lui donnait un air de révolutionnaire sud-américaine. Par défi. C'est certainement le plus beau corps, plastiquement, qu'il m'ait été donné de voir dans ma jeune vie. Un corps merveilleux, souple et félin. Je me souviendrai toujours d'elle dans cette position : de dos, quelques mèches de ses cheveux en torsade dépassant du béret noir, la nuque haute ; ce dos parfait, une poignée de grains de beauté sur l'omoplate droite, ce dos parfait qui plongeait, cambré, jusqu'à ses reins de reine. Elle s'était levée de sa bergère pour aller ouvrir la fenêtre. Elle m'avait trouvé beau et c'était comme ça. Penchée par la fenêtre, dans son costume d'Eve, elle m'a demandé ce que je voulais faire et je lui ai dit que je voulais écrire des livres. Elle s'est retournée, m'a regardé de ce long regard triste qui lui était particulier. « Tu le feras », m'a-t-elle dit.

Le retour à la Casa Particular du Vedado a été un supplice. Je suis parti avant qu'elle ne s'éveille. Une main sur mon torse, l'autre le long de ses hanches. La paupière apaisée, les cheveux noirs finement bouclés, désormais libérés. J'ai écrit un petit mot, en français. Et puis j'ai ramassé ce béret qui gisait au pied du matelas. Je l'ai mis dans ma poche.

Il était trop tôt et La Havane n'avait pas émergé de ses excès de la veille. J'ai longuement marché, en sens inverse, cette fois, le long du Malecon désert. Des éclats de verre, des corps à dreadlocks allongés contre la balustrade : les restes de la fiesta des Jamaïcains. J'ai même vu le soleil se lever parmi les vagues irisées. L'odeur de sel et d'ordures m'a réveillé les sens.

Ce n'est que devant l'hôtel Nacional, haut carré, comme flanqué de deux clochers crème, que j'ai dégoté un taxi. Ici a sévi Meyer Lansky, le big boss du Bordel de l'Amérique. Cuba époque Batista. Le taxi, c'était un particulier, une vieille Mercury. J'ai jeté un coup d'œil devant le Presidente : nous y avions dormi lors de notre première nuit. Building de brique rouge de 1928 : le plus vieil hôtel du Vedado. Le Che y a passé sa lune de miel, et moi j'ai siroté une Mayabé au bord de la longue piscine bleue, ce soir-là, ce soir-là où je pensais trop à Ariane et à mon agreg ratée. J'ai bien cru m'y enfoncer, dans cette eau bleue que la nuit et les trop faibles éclairages rendaient sombre, m'y enfoncer pour ne plus revenir. Et là, Arthur m'avait rejoint, en un bond ; une bombe terrible qui aurait pu réveiller l'hôtel à moitié vide, aux couloirs si sordides, la nuit.

J'ai entrouvert la porte de sa chambre. Il dormait. Un gros bébé à barbe de trois jours. Un gros bébé agrégé de lettres modernes. L'élite lettrée de la France poings fermés dans l'aube cubaine.

Je me suis couché sans même ouvrir les draps. Je sentais Iris. L'odeur de ses cheveux. J'ai collé contre ma bouche le velours de son béret de jeune femme résignée. Et puis j'ai dormi.

11

Gabriel

Quand j'ai émergé, il faisait une chaleur du tonnerre. Il était tard.

Le béret d'Iris était toujours contre moi. Ça m'a fait drôle. Une montée de cafard, brutale et décuplée par la chaleur exécrable.

Et bientôt par la solitude, car Arthur n'était pas là.

Son lit défait dégageait quelque chose d'angoissant, un vide incommensurable.

Il y avait un petit mot sur ma table de chevet. Je ne l'ai vu qu'au retour de la douche. Deux lignes. Il s'était pas foulé. « Je suis à Miramar pour au moins toute la journée. Ne cherche pas à m'y joindre. Je reviendrai tout seul, comme un grand. Arthur. »

Cet enfant de pute me laissait tomber.

Ce saligaud allait revoir Angélique.

Cette enflure la verrait nue.

Cet agrégé allait la baiser.

J'ai pris mon repas chez notre hôte. Comme

d'hab'. Porc, riz créole, avocat, bananes frites et bière cubaine.

Je me suis fait beau. J'ai mis ma plus belle chemise. Blanche, avec un col pelle à tarte. Pantalon patte d'eph', noir à fines rayures grises.

J'ai pris sur la table de chevet une liasse honorable de mes dollars.

Et puis je me suis tiré. Royalement, princièrement, je suis allé m'exposer à la caresse du soleil tropical : le meilleur des Xanax. Je suis allé à pied jusqu'au Nacional. Et de là jusqu'à son bar : Visto al Golfo. J'ai joué à Meyer Lansky. Avec une Montecristo, comme Iris. Je suis un aventurier. Au sens fin XIXe, une sorte d'usurpateur, un imposteur souriant. Un Gatsby le Magnifique, les illusions en moins. A moi, on ne la fait pas. Tu parles. J'ai laissé un fort pourboire. A Paris, je ne fais jamais ça. Les salops de la Rhumerie peuvent toujours crever. Un jour, j'y foutrai le feu, à la pointe d'un cigarillo.

J'ai passé un coup de fil. Ultra-rapide. J'ai réveillé Gabriel. Je savais bien que je finirais par l'appeler.

Gabriel, vous ne le connaissez pas et c'est bien dommage. C'est typiquement le genre de type qui n'existe pas dans la vraie vie. Il faut aller loin pour rencontrer ce genre de mecs à bout de tout et qui malgré tout savent encore s'enthousiasmer, un fin sourire greffé à la bouche, toujours dédaigneuse.

Au Nacional. Face à la mer, dans le grand parc. Tout est dans le croisé des jambes, la torsion du poignet, la position de la cigarette, entre le majeur et l'annulaire. Le dos renversé, et puis l'autre bras, languide, qui s'étire, négligemment posé sur le dossier d'une autre chaise. Je toise avec défi les vieilles rombières et les gros messieurs qui prennent leur café en égrenant le temps à l'aune d'un gigantesque Cohiba. Ils sont laids, et leurs femmes sont laides, avec leur vulgaire paréo noué autour de leur poitrine affaissée, leurs larges fesses ridicules, leur brushing et leurs grosses chevalières. Elles lisent *Point de vue*, ou leurs équivalents allemands ou italiens. Elles me regardent étrangement. Ici, dans ce parc plein de palmiers, sous les tropiques, la moyenne d'âge est de cent mille ans. C'est *Jurassic Park* et les dinosaures prennent une dernière goutte de soleil avant d'aller clamser. Une vieillasse à la peau usée se retourne et m'adresse un sourire. Elle a un faux air de madame van OOringge, celle de Varadero. On dirait que Carlos n'est plus là, et que ça manque beaucoup à madame van OOringge, que ses ovaires démangent. Il est vrai qu'au Nacional, on tolère plus difficilement les étalons cubains. Madame van OOringge m'adresse un sourire éclatant, à se décrocher le dentier. Sa compagne, Mrs Stanley, paraît de mèche. Je reprends la pose, de façon plus accentuée, au milieu de ce cimetière des tropiques. Monsieur Marcel s'approche, les rejoint, cocktail greffé à la main, mais elles ne lui prêtent guère attention. Je les absorbe, les deux vioques très argentées. Elles sourient. Elles doivent me prendre pour son altesse le prince sérénissime Gustave-Adolph d'Adelscott-Hoegardden, ou Carl XXVII d'Octeville-Bruneval, comte

Mayabe y Partagas. C'est pourtant du sang bien rouge de prolétaire qui coule dans mes veines. Les tares consanguines, je ne connais pas. Je leur souris de toutes mes dents de petit-fils d'ouvrier, de rejeton de gibier de cale-sèche, chantier naval du Havre-de-Grâce, ville autrefois communiste et bénie des dieux soviétiques. Œil de Moscou en alerte, couteau entre les dents, bolchevik bronzé, crypto-communiste en chemise Sisley, je veille au grain. Leur regard pétille.

Voici venir *señor* Gabriel, prince des nuits inverties de La Havane et écrivain raté.

Vingt-sept ans seulement, et plus de trois cents amants au compteur.

De palace en palace. Aux pourrissimes altesses au sang bleu dilué, à l'ambiance rallye pour vioques sur le retour, je préfère l'ambiance ultra-kitsch de l'hôtel Capri. La piscine du dernier étage me rappelle les meilleures pages de Gérard de Villiers, un des auteurs français les plus injustement méprisés, avec Catulle Mendès et le Sâr Péladan. L'orgie, ici, est nettement plus jeune. Une autre piscine, mais les mêmes cocktails. On ne change pas une équipe qui gagne. Une autre faune, aussi. Nettement moins compassée, *jineteras* à la pelle, tables en faux marbre, Italiens poilus, messies de la sodomie, ambassadeurs d'une Gomorrhe new look, avec Cubaines sans complexes. On pourrait écrire de belles choses, sur les tables *sixties* du Capri, devant cette piscine blanc crème à l'eau trop bleue, une nouvelle collection de romans d'espionnage, avec Gabriel dans le rôle du SAS local ; ou des scénarios pour M6, du porno-espionnage soft ou du hardcore. Gabriel tournerait sans problèmes. Porno-star, avec un petit côté intello en sus. *Money-making* sur les ruines du communisme. *La Baie des cochonnes* ouvrirait le bal. On pourrait faire aussi *Gay Vara*, ou *Partouzes, Barbouzes et Barbudos* et puis pour finir *Leather Maximo* : il y en aura pour tous les goûts ; du cigare, de la fesse et de l'uniforme. De retour à Paris, je proposerai l'idée à un producteur. On fera un carton.

Donc, il y a Gabriel. Gabriel et moi, autour de la piscine bleue du Capri. Nous célébrons la déesse Oisiveté, dont nous venons de redécouvrir le culte ancien, proscrit en Europe, même si certains clandestins s'y adonnent, dans des catacombes perchées au septième ciel. Ils font des signes pour se reconnaître, ont un code secret. C'est une religion aux rituels complexes, interdite aux hommes pressés et aux ânes bâtés.

Gabriel a les cheveux courts, il est rasé de frais. Il porte un pantalon de toile blanche, des nu-pieds, une chemise légère, bleu nuit, dont il a retroussé les manches jusqu'au coude.

Il a quitté l'Europe pour satisfaire ses goûts d'expert en plaisir. Sa course effrénée vers la volupté l'a conduit à La Havane, où il donne des cours de français. A l'Alliance française, s'il vous plaît. La République française offre des places de choix à ses esthètes encombrants. Une mise au placard mais un placard tapissé de rose, au parfum capiteux de boudoir XVIIIe.

Gabriel fait du bon boulot. Le jour, il enseigne Sade et Laclos aux jeunes Cubaines. La nuit, ce sont les jeunes Cubains qui lui donnent des cours.

Gabriel peut être irritant. Il aime à raconter ses exploits horizontaux. Ses moments d'extase. Ses frissons exotiques.

Il faut passer ce premier cap.

Ensuite, si vous lui plaisez, il vous fait des avances.

Souvent directes.

C'est le second cap.

Si vous le passez, Gabriel devient un véritable ami. Fiable, généreux et compréhensif.

— Gabriel, ça ne va vraiment pas, je lui ai dit, irrité.

Gabriel a interrogé, longuement, les reflets irisés de la topaze qu'il porte à l'annulaire gauche, a sorti une cigarette d'un étui doré, l'a allumée à la flamme bleue d'un Zippo chromé et marqué du drapeau cubain, ironiquement composé des mêmes éléments que le drapeau américain, bleu, rouge, avec bandes et étoiles, et en a tiré une bouffée lourde et perplexe.

— Qu'est-ce qui ne va pas, mon coco ?

Gabriel, espèce d'être pervers... La première fois que je l'avais rencontré, c'était dans une fête. Chez Pauline. Pauline aimait les êtres singuliers. Une soirée n'était réussie que vue sous cet angle. Du coup, Gabriel devenait un élément inestimable. Topaze à l'annulaire, une parole aiguisée saillant de ses lèvres en cœur. Draguant, indifféremment, les mecs et les filles. Et Pauline de se réjouir : « Ce type est un ami. Il est incroyable, non ? » Salope de Pauline. Mondaine superficielle, que j'avais dû faire gémir pour me rendre compte qu'elle vivait. Pauline, belle et conne à la fois. Un alliage si courant, de nos jours. Un jour, je m'introduirai chez elle, je briserai les Carpeaux et les vases Lalique, j'aspergerai d'essence les toiles contemporaines et je foutrai le feu. De l'autre côté de la rue, j'éclaterai de rire en regardant cramer son loft du XIe arrondissement.

— Dis donc, tu rêves ?...

— Je pensais à Pauline...

— Cette petite grue ?

— Gabriel, j'ai des soucis.

Il m'a regardé fixement.

— C'est pas grave, on va aller se défoncer la tête, et tu oublieras.

— Gabriel, l'Occident est mort.

— Je le sais bien. C'est un piston à l'Alliance française, que tu veux ? Tu veux venir vivre ici, sous les tropiques ?

— Gabriel, j'ai raté l'agreg.

— N'y pense plus.

J'ai fait claquer ma langue.

— Mais mon meilleur pote l'a eue.

Il regarde sa topaze, décroise les jambes et puis les recroise, de l'autre côté. Me regarde droit dans les yeux.

— Bute-le et prends sa place.

— C'est exactement ce que je veux faire, mais je n'y arrive pas.

— Il est où ton pote ?

J'ai consulté ma montre.

— Il est chez Angélique. *Inside* Angélique...

— Angélique !... Angélique ?

— Angélique.

Angélique. On pourrait faire des tas de mauvais jeux de mots sur son prénom. Jouer sur le couple angélique-diabolique, en faire une destructrice, une femme fatale, une fausse gentille, une perverse. Mais Angélique porte très bien son prénom. C'est juste une femme mariée qui s'ennuie. Qui cherche l'amour. Au fond, pas très originale.

— Angélique...

Il est interloqué et en oublie de secouer la cendre de sa cigarette. Une partie de celle-ci est tombée sur son pantalon de toile. Un trou y apparaît. Gabriel s'en tape. Il en a plein des comme ça. Ses michetons l'entretiennent. Il me toise.

— Mais attends, César... Vous l'avez vue quand ?

— Bah, tu m'avais donné son numéro, alors j'ai appelé.

— T'es con... Je t'avais pas tout dit...

Je le foudroie du regard.

— Peut-être, mais tu m'avais dit qu'elle était jeune, belle, et qu'elle se faisait chier à La Havane, dans sa villa cossue du Miramar. C'était exactement tes mots.

— Putain.

Il l'a simplement murmuré, passant sa langue sur ses dents très blanches, et puis sa main dans ses cheveux, tirés vers l'arrière. Puis il a ajouté :

— Bouge pas.

Il s'est éclipsé, svelte silhouette à la démarche

féminine. Moi, je l'attends, je jette un coup d'œil sur un Italien en train de peloter une jeune Cubaine en short. Sa main, passée autour du cou de la petite, redescend et plonge dans le corsage entrouvert, tâte le sein. Il fait chaud. L'autre main est passée par-derrière, sous le short. Des reins, elle descend vers les fesses. Je vois la petite qui tressaille et qui rit, passe une langue rose sur sa lèvre de chatte.

J'ai ouvert ma chemise. Je commande deux *Bucanero* brunes. Le larbin s'exécute. Lui aussi, il bouffe avec l'argent des plaisirs dégueulasses. Lui aussi sourit sous le soleil qui fond au milieu du ciel, fond dans le crâne des Italiens, fond entre les cuisses des ginettes.

Gabriel est revenu :

— Je viens d'appeler chez Angélique. C'était à prévoir, ça ne répond pas. Il doit bien s'amuser, ton pote. Elle a même renvoyé Ernesto.

— C'est quoi, le problème ?

— Le problème, c'est que Jean-Paul est parti faire de la plongée à Cayo Levisa. Pour trois jours. En principe, pas de souci. Angélique en aura profité pour se taper ton pote. Mais je viens de croiser un type qui était aussi à Cayo. Il vient de me dire que Jean-Paul n'avait pas l'air tellement dans son assiette. S'il rentre avant, c'est super mauvais et c'est pour ça que je m'inquiète.

J'ai souri.

— Super mauvais, ça veut dire quoi ?

Il n'a pas compris le sens de mon sourire :

— Super mauvais, ça veut dire que ton ami, il va passer, question baise, les plus beaux jours de sa vie. Angélique, elle en connaît un rayon. Grâce à Jean-Paul. Il ne va pas en croire ses yeux. Cette fille, c'est un délice. Une sorte de pute de choc. Un volcan. Jamais vu ça. Pourtant, tu sais que j'en ai essayé, des nanas...

Là, c'est moi qui ne comprenais plus. Gabriel n'aimait pas les femmes. Comment il savait ça ? Il a vu que je ne suivais plus. Sur sa bouche de gigolo, un sourire a flotté, puis s'est fixé.

— OK, mon coco, je t'explique. Quand tu arrives avec tes valises dans un patelin comme La Havane, les gens que tu fréquentes, au début, ce sont les expats français. Alors une nana comme Angélique, tu ne la manques pas. Tu connais ma passion pour les femmes... une passion, disons, identificatrice... Angélique, c'est exactement la femme à laquelle j'aimerais ressembler... L'ennui, c'est que, même de dos, je ressemble encore à un mec.

Gabriel retombait sur ses sujets favoris. Je ne voulais pas le laisser s'égarer.

— Et alors...

— Et alors Angélique m'aimait bien. Et Jean-Paul part souvent faire de la plongée. L'occasion de se taper de petites ginettes bien croustillantes. Jean-Paul adore le cul, la seule chose qui ne l'ait jamais déçu. Il m'en a parlé souvent et crois-moi, quand t'es pédé, tu sens ce type de choses. Un fluide, on va dire. Donc, Jean-Paul se casse souvent en week-end prolongé. Il en fout pas une rame à l'ambassade, mais de toute façon, il n'y a rien à y foutre. Du coup, Angélique est souvent seule. Moi, j'adore la cuisine de Maria et les discussions de nana. Alors les confessions d'Angélique, mon vieux... Un jour, on avait beaucoup bu. Ça s'est fini au pieu. Dans la belle chambre blanche, avec le grand lit blanc, son putain de corps nu, blond, mat, chaud, humide, ses seins, tout ce dont je rêvais... pour moi.

J'arborais un air étonné. Il le vit.

— Bien sûr, je n'ai rien pu faire. Même avec une icône féminine comme Angélique, je ne peux pas. Je me sens bloqué, tu vois... C'est pas mon truc, c'est tout... Alors on a ri.

Je voyais parfaitement, mais j'avais le goût du détail. C'est la caractérisation axiologique de « volcanique » qui m'intéressait.

— Bon... Ici, les tabous tombent vite. T'as eu l'occasion de parler avec des Cubains. Ils te l'ont bien dit. Ici, il n'y a rien d'autre à faire que baiser. Angélique s'ennuie. Angélique baise. Point barre. Moi-même, un inverti assumé, elle a failli m'avoir. J'ai même joui.

— Joui ?

— Oui. Elle fait de magnifiques pipes. Aussi bien que Diego, c'est dire.

— Diego ?

— Mon *boyfriend*. Donc, je te dis, question baise, ça va être fameux pour ton pote. Par contre, si Jean-Paul le chope, il va le broyer.

*

Diego joue dans les vagues. Il a amené ses amis. De cette cour très pédé, Gabriel est le roi. Les nattes sont à terre. Tous en boxer-short, abdominaux en avant, tête haute. Gabriel se les est tous faits. Ils se sont tous fait Gabriel. Le monde est bien fait, non ? Chacun y trouve son compte. Playas del Este. Frime pour Gaby, spleen pour moi. Je ne vois pas trop ce que je fais là. Une seule chose me ravit. Si Angélique est si pro, Arthur ne se remettra pas d'un tel adultère. Trois jours de baise high-tech, ça vous fauche un type, ça vous le met au placard. Ce ne sera pas du petit lait. Autre chose que Chloé. Elle va le ferrer. Il va enfin vivre, tous les préjugés par-dessus bord. Une belle montgolfière sans lest. Dans des cieux survoltés. *Well*... Et puis après, Jean-Paul arrive... Et là, avec un peu de chance, Arthur se fait buter.

— Gabriel... Imaginons que Jean-Paul rentre avant ? Qu'il chope Arthur avec sa femme ? Il se passe quoi, au juste ?

Il a jeté un regard inquiet à Diego, qui papotait avec un autre Cubain. Un adonis en boxer-short de chez Moulant.

— Tu sais, il n'y a pas que la baise et la plongée qui passionnent Jean-Paul. Il y aussi la boxe française et le tir au pistolet.

— Et il est armé ?

— Ouais. Il a toujours un pistolet à grenaille sur lui. Pour les cambriolages, à Miramar, ou pour les agressions nocturnes, quand il part à la chasse aux ginettes dans les quartiers sordides de La Havane.

— Et il serait capable de tirer sur un homme ? Un agrégé ?

— Je pense que ce serait une première... mais je sais aussi que pour lui, ça ne fera pas un pli. Tu sais, ce mec, il flirte avec les barracudas, couteau entre les dents, alors un agrégé...

Je suis allé me baigner. J'étais de bonne humeur, finalement. Tout allait pour le mieux sous le plus beau des cieux. L'eau était bonne, bleue, avec des vagues chatoyantes, et j'allais être agrégé, avec un peu de chance, dès ce soir. Gabriel m'avait déballé toute l'histoire. J'avais d'ores et déjà la réponse à l'une des questions que je m'étais posées au sujet de la carrière diplomatique de Jean-Paul. La régression de Washington à La Havane, Jean-Paul ne l'avait pas choisie. Ce n'était pas par amour des Cubaines, loin de là... A Washington, Angélique couchait avec son prof de golf. Jean-Paul le savait, mais rêvait d'un flagrant délit. Un employé du golf l'avait rencardé. Une sombre histoire. Le prof de golf en question touchait à la coke, et avait un petit différend avec le frère du larbin. Une dette qui n'avait pas été payée, un truc de ce genre.

« C'était une fin d'après-midi. Un appartement très sport avec des trophées partout. Jean-Paul était entré. Le prof, qui besognait Angélique, très professionnellement [là c'est Gabriel qui brode], le type, donc, ferraille dur, se concentre pour le put. [Les jeux de mots de Gaby, jamais très bons.] Le type se concentre, il maîtrise. Soudain, il sent un truc froid contre son épaule. Angélique, elle, ne remarque rien. Elle est dos à la scène, présente ses belles fesses fermes à l'assistance. Mais soudain, elle sent qu'au fin fond de sa matrice, ce n'est plus la même ardeur qui se manifeste. Alors elle se retourne et reçoit des morceaux de cervelle à la figure. Très calme, Jean-Paul avait décroché du mur un club. Le plus beau. Le plus lourd. Un fer de je ne sais plus combien, en métal, avec lequel le prof avait remporté son premier open. Ce jour-là, Jean-Paul avait clubbé à mort l'amant de sa femme, sous ses yeux. Ivre de rage, mais précis. L'affaire avait été classée. Une histoire de dope. Tout le monde savait que le prof y touchait. Jean-Paul avait été protégé. Immunité diplomatique. De toute façon, on ne savait presque rien. La liaison était secrète. Mais quelqu'un a dû cafter. Les autorités françaises l'ont foutu au placard. En Afrique, il faisait la loi, mais à Washington, c'était plus dérangeant. Le choix de La Havane, ce n'était pas parce qu'on y golfait peu mais parce qu'il n'y avait rien à faire. Ce n'était pas une simple histoire de jalousie. Entre eux, il y avait bien cette notion de contrat, où l'amour entrait peu. Il y avait eu l'Afrique, la Tanzanie, où Jean-Paul avait manifesté un goût certain pour la peau noire. Au début, Angélique avait mis son orgueil de côté. Jusqu'au jour où elle avait décidé de faire la même chose. Sauf qu'elle, elle n'aimait pas les locaux. C'est dans la communauté des expatriés qu'elle avait choisi ses amants. Au départ, elle avait fait ça pour le faire réagir. Ça l'avait amusé, lui. Il voulait voir où le jeu allait aboutir. En fait, c'est lui qui a craqué. Mais il la tient par les cordons de la bourse. Et puis, je crois qu'elle l'aime. »

C'est Gabriel qui raconte, avec son don de romancier façon Harlequin trash. Angélique lui a confié ça, un soir de déprime, mais je suis sûr qu'il en rajoute. Eduardo, pendant ce temps, lui passe une sorte de crème dans le dos. Gabriel me parle alors des délicieux massages d'Eduardo. Très peu pour moi ; je pense à Angélique. Je me plonge dans le journal du Che en Bolivie, acheté place des Armes pour deux dollars. Mais très vite, mon esprit gamberge. Ce que j'aurais de mieux à faire, ce serait d'aller faire la fête. C'est vrai, tout cela arrange mes affaires et moi je n'y peux rien, il est trop tard, et puis le téléphone ne répond pas. OK, ce type est mon meilleur pote, mais il est agrégé de lettres. Et puis, on ne dérange pas un ami au milieu de ses plaisirs. J'ai d'ailleurs moi-même très envie de m'étourdir. Gabriel s'est levé, m'a dit qu'Eduardo l'attendait dans les dunes, qu'il avait une libido énorme en ce moment, que le soleil exaspérait.

*

Au retour, c'est moi qui ai conduit la voiture d'Eduardo. Du moins, la voiture du père d'Eduardo, qui devait la tenir de son père et ainsi de suite depuis Mathusalem. On était vraiment très très loin de la direction assistée. Les pneus de la vieille Lada crissaient comme ce n'était pas permis. Gabriel m'a dit que je roulais trop vite. Eduardo, la politesse cubaine incarnée, ne disait mot. Un véhicule de la Far a déboulé. J'ai esquivé de justesse. Eduardo a pâli. Je n'étais pas ivre. Je n'avais pris que trois verres de rhum chez les amis d'Eduardo. Je n'ai pas daigné ralentir sur le

Malecon. La barbe. J'étais ailleurs. Tout allait bien.

Eduardo devait passer voir son oncle. Il nous a déposés dans le quartier du Vedado. Nous sommes allés boire un verre dans un endroit dont je ne me rappelle plus le nom. J'étais bien. Gabriel aussi, mais à un moment, il s'est raidi. Je me suis retourné. Il m'a décoché un coup de pied dans le tibia. Deux tables plus loin, un type éclatait de rire. Un type de cinquante ans, carré, yeux de métal froid, barbe de trois jours, chemise treillis beige, pantalon de lin, nu-pieds. Un visage buriné que je n'avais jamais vu qu'en soirée, éclairé par la lueur des éclairages d'un jardin, ou par celle des bougies d'une table dressée. Au coin des lèvres souriantes, un Romeo et Juliette petit modèle. En face de lui, un grand type maigre dans les mêmes tons. Le même âge, ou peut-être quelques années de moins. Il repoussait de côté une mèche blonde qui lui retombait sur le coin de l'œil. Il fumait une cigarette à travers une barbe hirsute. Les deux hommes riaient, salués par le sourire des jeunettes de la table voisine. Gabriel s'est tassé sur son siège. Trop tard. Il est repéré. Il arrive. Je le sens debout derrière moi.

— Tiens, Gabriel !... avec l'adorable César !

Jean-Paul m'avait dévisagé avec un franc sourire. Lumineux, même. Il ne nous laissa pas le temps de répondre.

— Je suis avec Heinrich, on revient de Cayo ; on prend un verre avant de rentrer. Vous ramenez vos fesses ?

Gabriel prit la parole :

— Tu sais bien que Heinrich, il aime pas les pédés. Et moi j'aime pas les gros porcs homophobes, surtout venus d'Allemagne...

— Bon, alors, c'est lui qui m'attendra.

Il lui lança un signe. Une main ouverte. Cinq minutes, pas plus.

— On ne te voit plus, Gabriel... Passe à Miramar, de temps en temps. Tu sais, je n'aime pas savoir qu'Angélique s'ennuie.

Gabriel contenait admirablement son malaise. Je ne savais pas trop où me mettre. Finalement, j'adopte une solution intermédiaire. Je fais celui qui ne sait rien.

— Tu sais, j'ai vachement de boulot, l'Alliance française...

— Et le cul des Cubains....

Jean-Paul partit dans un éclat de rire en lui tapant sur l'épaule.

— Au moins, je ne te fais pas de concurrence, contre-attaqua Gabriel en clignant de l'œil.

— Arrête ça, tu veux... C'est fini, ces conneries...

Il paraissait tendu, continua :

— J'ai décidé de me ranger. J'arrête de déconner. On a fait beaucoup de bêtises avec Angélique. Je vais davantage m'occuper d'elle, maintenant. Elle s'ennuie ici, moi aussi d'ailleurs. J'en ai assez de Cuba. Je vais négocier un changement de poste. C'est délétère, ici. Il faut qu'on reprenne du souffle, tous les deux. Mais passe plus souvent, Angélique t'aime beaucoup, tu sais.

Il s'était tourné vers moi :

— C'était sympa l'autre soir, non ? Au fait,

prends pas trop au sérieux les choses que je t'ai dites. Et Arthur, il fait la sieste ? Il expérimente la Cubaine dans la fraîcheur d'un grand appartement en ruine ?

Il s'est remis à rire. J'ai essayé de faire pareil ; du moins, j'ai pris l'air le plus dégagé possible.

— Non, il a préféré rester tranquille aujourd'hui, et puis, lui non plus, il n'aime pas les pédés.

J'ai lancé un coup d'œil complice à Gabriel, qui a pris le relais. A fait semblant de n'être pas au courant :

— Tu reviens plus tôt que prévu ?

— Ouais. On devait revenir demain. Mais je t'ai dit, je vais me ranger un peu. Je vais lui faire la surprise, à Angélique. Je dépose Heinrich et je file à la maison.

Son regard plongea très loin. Il nous salua et rejoignit l'Allemand. Ce fut tout.

Gabriel n'avait pas bien compris l'ampleur de mes motivations. Il se leva et se dirigea vers l'intérieur du bar. Quand il revint, c'était avec un air franchement consterné :

— Ça ne répond pas chez Angélique. Dans une heure, au bas mot, Jean-Paul est là-bas. C'est mal barré pour ton pote. Il est neuf heures. On peut y être dans un quart d'heure avec la Subaru. On le prévient et on le tire de là.

Moi, j'étais ivre. Ivre et impatient d'être ordonné agrégé. C'est ce que j'ai dit à Gabriel. C'était tout simple. Il n'a pas tout compris.

Pourtant, c'est comme ça : j'ai besoin de dérailler un peu pour vivre. Je comprends, là, c'est vrai, c'est la vie d'un ami qui est en jeu. Et alors ? S'il venait à mourir, je crois que je vivrais dix fois plus. Je suis peut-être fou, mais après tout, je ne le suis pas plus qu'un autre. Peut-être qu'il ne sera pas pris en flagrant délit de foutage par le fou au pistolet à grenaille. Peut-être bien que, finalement, il vivra, que j'arrêterai mes conneries. Que je ne mettrai pas toute mon énergie à vouloir le supprimer. Je n'en sais rien. Tout ce que je sais, c'est que là, j'ai une envie énorme de vivre. Un appétit gigantesque pour l'excès. Gabriel ne comprend pas mais il ne connaît pas Arthur. Et puis dans deux autres verres, ça commencera à lui être égal. Alors cette nuit, je vais m'enivrer.

12

« Drinking in L. H. »

Nous avons marché, enfiévrés, jusqu'au Malecon. J'ai rejoint l'attroupement de Jamaïcains qui n'avaient jamais cessé de me fasciner. Gabriel n'était pas d'accord. Mais je me suis passé de sa permission. Je me suis approché, enjoué. J'ai commandé une dose de rhum à un black qui devait mesurer dans les deux mètres. C'était une sorte de tombereau, un bar portatif avec des roues de bicyclette. Un grand bac où une louche a plongé, pour prélever quelques lampées du précieux liquide. Il a déposé le contenu de la louche dans un récipient de carton qui coupe les lèvres quand on le porte à la bouche. Je l'ai englouti, et puis j'en ai demandé un pour Gabriel. Qui ne le voulait pas. J'ai insisté. Il l'a pris. Je crois que je ne plaisais pas beaucoup au Jamaïcain. Tout autour de nous, la peau était noire. J'adore ça. Je me sens un autre. Une ambiance tribale au sein de laquelle je suis un étranger. Je le sais, mais ça me donne quand même des étoiles dans la tête. Leurs grands corps, des silhouettes bientôt indistinctes, oscillent, tournoient très lentement, comme ankylosés. Une anesthésie généralisée, mais avec du rythme cependant, de la vie encore. Une vie de torpeur, de la lenteur, toujours de la lenteur orchestrée par ces enceintes colossales, ce reggae diabolique. Moi, je suis ivre. On ne reviendra jamais assez sur le côté agréable du phénomène. Déjà, le mot « ivresse » est en lui-même magnifique. Il sonne bien, il glisse entre les dents comme une sorte de baiser malin, un coup de langue qui touche au plus profond d'un corps, qui étreint une extrémité rose. Ivresse, je suis dans l'ivresse. L'ivresse m'étreint. « Ivre », c'est déjà plus dur. Une syllabe curieuse. Comme une ingestion prolongée de vodka, un éclair d'alcool blanc, scintillant.

Gabriel n'a guère l'air rassuré quand je commence à discuter avec le mec qui ne me rend pas ma monnaie, qui fait la sourde oreille à mon ivresse. On peut être chargé à bloc et avoir encore le sens des réalités. Il ne faut pas qu'il me fasse chier, ce mec, avec ses deux mètres. Je ne suis pas un cave.

Un type est venu, un autre colosse noir avec des cheveux tressés, amalgamés, et puis un bonnet de laine coloré qui les emprisonne. Ce type a commencé à me pousser. Il me pousse. Un coup du plat de la main sur la poitrine. Comme celui que Laurent Blanc a décoché à cet attaquant croate, en demi-finale de la Coupe du monde. Sauf que moi je ne m'effondre pas, comme ce connard de Croate. Je ne pratique pas l'anti-jeu. Je rentre dans la danse. Je réponds. Je réplique. Je riposte. Je le repousse à mon tour. Gabriel arrive, il me tire par le bras pour m'enlever à la chaleur de l'arène. Moi j'y suis bien, il y a une poussière d'étoiles au-dessus de mon occiput, sous et sur mon crâne. Tout vacille. Je n'ai pas peur. Gabriel s'est interposé, a lancé un truc en espagnol où j'ai entendu les mots « *ambassada* », « *policia* », des choses comme ça. J'ai pris un coup dans la mâchoire ou le nez, je ne sais plus : à ce moment-là, je n'avais plus tellement le sens des réalités. J'ai senti mon sang couler au-dessus de ma bouche. Un liquide chaud, assez abondant, qui m'étouffait. C'était curieux. Je n'avais pas mal, en fait. Mais j'ai senti dans les yeux de Gabriel de l'inquiétude. Il m'a carrément enlevé. Comme Zeus l'avait fait avec Ganymède, le petit berger qu'il aimait. C'est marrant, cette bisexualité des dieux grecs. Zeus ou le jouisseur polyvalent, le libertin des deux sexes. On peut aimer les femmes et savourer aussi les jeunes bergers, enchaîner Io, Léda, Danaé, et puis Ganymède...

Donc Gabriel m'a enlevé à l'arène. Merci Gabriel. Le long du Malecon, il m'a épongé le visage. M'a soigné. Mais j'allais bien. Nous sommes rentrés chez lui, pour « vérifier » que tout allait bien, a-t-il dit. Je me souviens d'un petit appartement cossu, avec beaucoup de recherche, beaucoup de bibelots pas kitsch du tout, non, rien de tout cela, des trucs d'une valeur personnelle mais pas nulle, non non, très riche. Des souvenirs de vie, partout, des vêtements en abondance, jetés sur le sol, négligemment, ou sur le sofa sur lequel je me suis assis. Un grand lit défait, presque encore chaud. Des bougies en grand nombre et de toutes les couleurs, de l'encens doux et un léger courant d'air venant d'une ouverture baroque qui donnait sur les étoiles. Voilà. Et puis des tapis épais sous le pied, posés délicatement sur le sol défoncé couvert de mosaïques. Mon sang ne coulait plus. Gabriel, je me souviens, m'a pris la main et l'a portée à ses lèvres. Mais, non, je lui ai dit, non, Gabriel, ça me touche mais je t'aime comme une sorte de frère et pas comme un amant, j'aime le corps des femmes et toi, tu l'as dit toi-même, même de dos tu ressembles encore à un homme. Tu m'as dit, je m'en souviens aussi, que si je changeais de camp, comme s'il y avait des camps, tu te rends compte de ce que tu dis ? tu m'as dit que si je changeais de camp, il fallait que je te prévienne. Finalement, je crois que ça m'a amusé. Mais moi je t'ai reparlé, après, des corps des femmes. Je t'ai dit que je voulais ressortir. Tu m'as parlé d'Arthur. Je t'ai dit que je m'en foutais. Que c'était chacun pour soi et que je voulais m'étourdir. Tu m'as dit que tu voyais ce qu'il me fallait. Tu m'as préparé un truc chaud qui m'a dégrisé. Une sorte de tisane, mais étrange, avec des extraits exotiques comme du ginseng qui serait cubain, ou de la passiflore, ou de la fleur d'oranger, des épices pas épicées, une douce saveur. Et puis tu m'as demandé si j'aimais la cocaïne. Je n'en avais jamais pris. Tu as passé un coup de fil. J'ai entendu que tu donnais un rendez-vous. Il était quelle heure, déjà ? Pas tard, mais les heures, les minutes et les secondes n'avaient plus aucun sens pour moi. Et puis on est sortis. Sur mes lèvres, le mot ivresse battait beaucoup moins la chamade. Il ne faisait plus son numéro de joli mot. C'était juste une sensation. Une sensation exquise faite d'excitation et de tempérance. Une façon de jouir au plus profond, comme si, brutalement, on saisissait toute l'essence du moment, comme si ce qu'on ressentait prenait les mesures d'une éternité. D'une plénitude. Oui, c'est ça, « plénitude », être plein de quelque chose.

C'était une fête aux allures cubaines. Gabriel serait décidément le roi partout. Quand j'ai aperçu Muriel, je n'ai vu tout d'abord qu'une robe jaune avec des motifs discrets, plus sombres. Une robe jaune et de jolis bras bruns qui en ressortaient, et puis une jolie tête aussi, avec une bouche comme je les aime. Des lèvres épaisses, avec des dents blanches. Des cheveux brun foncé relevés sur la nuque. Une robe jaune plaquée sur des seins visibles dans l'échancrure, et un joli derrière aussi, avec une belle cambrure. Des formes robustes et ravissantes.

Gabriel avait trouvé son bonheur. Il irradiait. Il m'a mené par la main jusqu'à Muriel et puis il a rejoint une cohorte de jeunes types élégants ou négligés, ou plutôt élégamment négligés. Il y avait beaucoup de gens. Nous nous trouvions dans une sorte de palais déglingué. Il y avait ça tous les vendredis soir. Avec des gens nouveaux, de plus en plus. Il y avait beaucoup d'alcool, qui flambait dans les pupilles. Beaucoup de musique et de gens qui dansaient. De la musique infiniment brassée, mélangée, lourde de sens. Un son qui vous étreignait, qui vous enlevait à la terre. Je crois que j'ai reconnu les Dandy Warhols, ces types qui ont une allure folle, ces déjantés qui distillent un son nouveau, à la fois lourd et léger, un son de flambeur, de types brillants qui se foutent de tout mais qui jouent une musique qui monte, enfle et ne redescend que quand le spasme libérateur est arrivé. Il y a eu aussi de la salsa, forcément, et forcément, Gabriel s'est déchaîné, montrant les ressources de son jeu de hanches. Des couples se sont faits et se sont défaits. J'ai aussi pris encore un peu de cocaïne. Elle venait de Miami. Le courant ramenait sur les plages cubaines des paquets que les bateaux avaient mis à la flotte et laissés dériver. Ensuite, il y avait des types qui prenaient des risques énormes pour rapatrier la coke vers La Havane et Varadero, et là des revendeurs. La cocaïne m'a fait froid aux dents. M'a grisé. J'ai retrouvé tous mes esprits devant Muriel. Un moment, je me suis levé pour aller pisser. Je suis arrivé dans une pièce à l'éclairage infime. J'ai vu une forêt de corps nus. Des bras étreignant des seins et des bouches étreignant des sexes. Des soupirs ridicules. Un parfum de sueur et de vanille. Et l'odeur du foutre, par-dessus tout.

Muriel aime les havanes et ça lui donne un chic fou. Elle est jolie et pleine d'esprit. Gabriel a disparu. Muriel est prof de lettres à l'Alliance. C'est comme ça qu'elle connaît Gabriel. Je lui ai beaucoup souri. Je ne sais plus très bien ce que je lui ai raconté. Je n'ai pas été d'un spirituel exaltant. Non, rien de ça. Elle m'a dit qu'elle ne venait pas souvent là. Que ces soirées la dégoûtaient, qu'elle n'y voyait que de l'oubli, un étourdissement sans signification qui vous laissait pantelant après, avec une grande sécheresse au fond du cœur. Elle m'a demandé si je ne voulais pas que nous sortions prendre l'air, éventuellement prendre un thé chez elle. Qu'il ne s'agissait pas d'une invitation à sous-entendus, mais juste une façon d'être simple. J'ai dit oui. Tout devenait ridicule ici. Les corps chancelaient.

Les femmes sont nos bouées. Je vous aime, les femmes. Les filles de tous bords et de tous poils. J'aime vos hanches et vos cheveux, j'aime vos bras et vos épaules sur lesquelles je pose mes lèvres. J'aime ces endroits de votre corps où je trouve la chaleur qui me manque. Vos peaux de lait calorifère, vos peaux qui ont absorbé tout le soleil de la journée et qui le rendent si bien. Les seins qui poussent sur vos poitrines. Mes amours. C'est ce pluriel qui m'agace. Un jour, je serai amoureux : je guillotinerai ce pluriel inconvenant et alors une femme suffira.

Son thé était bon mais moins que sa langue qui a franchi doucement le barrage de mes dents. Son parfum saisissant mais moins que la rondeur de ses cuisses. La nuit douce mais moins que le lissé de son cou.

Nous avons peu parlé. Muriel embrasse à la perfection la religion du silence. J'ai tenté de la questionner. Je suis sûr qu'il y a un homme là-dessous. Partie de Méditerranée. Hyères ou Toulon pour venir s'échouer là. Ce poste curieux à l'Alliance française. Pour rien, elle a dit. Et puis « je n'ai pas envie d'en parler ». Tu es touchante, j'aime tellement les femmes. Vos secrets vos cachotteries vos blessures, je les guérirai toutes. Je panserai votre cœur souffrotant de ces petites souffrances. Un baume j'apposerai sur votre petit cœur, comme on appose un sceau, un scellé, on n'en parle plus après.

Petite Muriel, tu n'as pas voulu faire l'amour. Mais on peut dire que nous l'avons fait quand même, n'est-ce pas ? J'y tiens. Cela me console, me rassure... Nous sommes restés peau contre peau. Tes hanches de femme et mes hanches étroites de jeune homme. Ta poitrine pleine de vie, et puis la mienne, avec ses petits pectoraux. Mon sexe ému, sur lequel tu as posé ta main comme sur un petit oiseau. C'était ridicule mais ça m'a plu. Le tien, couvert d'une dentelle mousseline, d'une texture doucette, utérine, sur laquelle j'ai posé mes lèvres. Et puis nous avons dormi. Enfin, je t'ai laissée dormir. J'ai pensé à Arthur et à son avenir de cadavre. Où était-il, à présent ? Déjà mort ? Tout cela n'était même pas grave. Elle avait l'air d'un bébé quand elle dormait, avec ce petit nez boudeur. Arthur avait beaucoup vécu, pendant ces trois jours. Dans la proximité immédiate d'une femme vraie. Il avait dû brader ses rêves de confort. Muriel, dors bien, petit sucre d'orge. Moi, je m'en vais. Vois, je me lève, je repasse mes vêtements. Je me regarde dans une psyché pleine de goût que tu as là. Je ressemble à un jeune homme fatigué, et je te souris car je te vois aussi, dormant, à travers l'eau figée du miroir. Vois, j'écris un petit mot que je dépose sur ta table de nuit. Vois, j'ouvre la porte avec attention. Je la referme avec la même attention et je te bénis de m'avoir procuré ces quelques gouttes de vie. Oui, je te bénis.

Je n'aime pas me réveiller auprès d'une femme que j'ai connue la veille. Je pars toujours comme ça. Iris et puis maintenant Muriel. Je pars comme un voleur. L'ennui, c'est que je ne sais pas ce que je vole.

En fait, je ne suis pas seul. Faisant une incursion brutale à travers mes peu cartésiennes méditations, Gabriel est entré. Un coup discret sur le bois sec et puis, sans attendre, sa longue silhouette dans l'embrasure de la porte. Encore un pas... Il est dans la pièce. Je me suis retourné. J'ai posé un doigt sur mes lèvres pour implorer le silence. Il m'a regardé en souriant, et puis son visage a repris une gravité inhabituelle. Il s'est approché du lit, du côté de Muriel, et s'est accroupi, les yeux focalisés sur le corps qui reposait doucement. Elle dormait, la cuisse droite croisée sur la gauche, ce qui donnait à ses hanches une forme de lyre. Le long des hanches glissait son bras droit, dont la main couvrait pudiquement l'endroit où, tout à l'heure, j'avais bu. Ce bras écrasait le sein droit, lui donnait un joli renflement, tandis que le gauche, sous lequel un cœur battait, caressait de son aréole, fraîche et brune, le blanc des draps. Sa chevelure dénouée jonchait l'étoffe et ses épaules arrondies d'un amas soyeux. Les paupières lourdes de sommeil paraissaient figées et sa bouche charnue, un peu ouverte, semblait attendre un baiser religieux. Gabriel s'est penché, a déposé perversement un baiser sur les lèvres de l'endormie. On était à fond dans le cliché. La Belle au bois dormant baisée par le plus décadent des princes charmants. Puis il s'est relevé, m'a fait quitter la pièce.

Sur le palier, je lui demandai aussitôt :

— Tu rentres souvent comme ça, chez les gens ?

— De toute façon, tu allais partir.

— ...

Il semblait agité.

— Écoute, il fallait à tout prix que je te trouve. On m'a dit que t'étais parti avec elle alors comme je sais où elle habite... On vient de m'avertir. Y aurait comme un problème du côté de l'ambassade de France. En fait, à côté de l'ambassade de France.

Je n'ai même pas sursauté. Je l'ai regardé dans les yeux. Je voyais le scénario. Jean-Paul avait surpris Arthur avec sa femme et lui avait grenaillé le bas-ventre. Arthur s'était roulé par terre, avait essayé de sauter par la fenêtre, mais une seconde mitraille l'avait fauché dans son élan. Enfin, Jean-Paul avait collé le canon de son flingue contre la tempe du jeune agrégé, et l'avait achevé. Froidement.

— Un coup de feu, il paraît...

Cette précision de Gabriel concordait avec mon imaginaire. Je m'en félicitai intérieurement.

— Tu veux y aller ?

Une seconde, il a paru s'étonner de ma question. Arthur, c'était mon ami, pas le sien. Il ne le connaissait même pas. Et pourtant, c'était moi qui lui demandais s'il voulait qu'on y aille. Il a pu prendre ça pour de la lâcheté. Je ne sais pas. Mais comme j'ai horreur qu'on me prenne pour un lâche, et puis parce qu'il y avait la curiosité, aussi, j'ai préféré aller chercher la Subaru, en un coup de taxi bringuebalant. Une Mercury dans les jaune-gris, une vieille Buick, je ne sais pas. Je m'en fiche.

— Il est quelle heure ? j'ai demandé.

Le visage tourné contre la vitre, où la route défilait, il m'a répondu froidement :

— Trois heures.

Je pense que je l'avais déçu. Les effets de l'alcool et la cocaïne s'étaient dissipés chez lui comme chez moi. Il allait devenir chiant. J'ai provoqué le débat en tournant la clef de contact dans l'intimité mécanique de la Subaru. J'ai accéléré. Il ne disait mot.

— Bon, je lui lance, tu vas continuer longtemps à faire le mime Marceau ? Il est où le problème ?

Il n'a pas répondu.

J'ai accéléré un peu plus. J'ai pris un tournant trop vite. Les roues ont chassé.

— Tu comprends pas, c'est ça ? Tu comprends pas que je m'inquiète pas pour lui ? Ça te sidère, hein ?

J'ai accéléré. Il fallait aller tout droit, maintenant. Les quelques réverbères passaient en chuintant tout près des vitres.

— Roule moins vite, on va se tuer.

— Et alors ? Ça te fait peur ? Monsieur tient à sa vie ? A sa vie, et puis à celle des autres, des types qu'il ne connaît même pas ? Bien... c'est bien... Monsieur a du savoir-vivre ! Eh bien pas moi...

L'aiguille affichait un chiffre indécent pour les infrastructures routières de ce foutu pays.

J'ai continué.

— J'vais pas passer des heures à t'expliquer mes motivations. Ce que je vais te dire c'est qu'Arthur, que tu ne connais pas, Arthur, donc, qu'il prenne enfin des risques, ça me fait drôlement plaisir. Qu'il vive, comme là on vit, nous, dans cette voiture, c'est-à-dire en pensant à la mort, imminente, possible à tout moment...

J'ai accéléré encore.

— ... eh bien, je trouve ça bien. La vie pour moi, c'est donnant, donnant. Tu t'éclates, mais tu y laisses aussi des plumes. Logique, non ? Arthur, il ne vivait pas, et maintenant il vit. Un miracle... Tu ne dis rien ? OK, c'est peut-être ma vision à moi des choses. Elle est peut-être radicale, mais elle en vaut une autre. Toi, quand tu te fais fister, tu te demandes si c'est dangereux ?

J'appuyais nerveusement sur la pédale. La Subaru, transformée en tombeau ouvert, dévorait la route. D'ailleurs, je m'aperçois à l'instant que j'aime cette expression « tombeau ouvert ». Tombeau, certes, mais ouvert, ouvert à la vie. La vie dans la mort, la mort dans la vie. Une sorte de totalité. Une façon entière de jouir. Un yin-yang existentiel. Du terrorisme.

— Bon écoute, tout ça te regarde, César, il a fini par lâcher, mais j'ai parfois des difficultés à te suivre.

— C'est parce que tu n'as jamais passé l'agreg, j'ai lancé, énervé.

Et puis j'ai accéléré.

13

Des inconvénients de l'adultère (lorsqu'il a lieu sous les tropiques, que l'amant est jeune et peu expérimenté et que le mari trompé n'a pas une conception moderne du couple)

Nous arrivions en vue de Miramar. Calle 14, à l'angle de la troisième et de la cinquième rue, il y avait effectivement un joli paquet de monde. Des flics, des diplomates, des uniformes et des costards. Peu de badauds mais de nombreux véhicules. J'ai fait le tour de la villa, et stoppé le moteur.

— C'est là, a murmuré Gabriel, on est juste au-dessous de sa chambre.

Je suis sorti. Ici, c'était plutôt calme. J'ai scruté le ciel. Toujours aussi belle, cette étendue noire mouchetée de têtes d'épingle argentées. Une chaleur tempérée par un vent parfumé, un silence adouci par les cris des oiseaux nocturnes. Tous les jardins environnants contribuaient à donner à l'atmosphère une touche trouble, doucereuse et tendue.

Gabriel a poussé la portière. Il a fait quelques pas dans l'air tiède. A tiré un cigarillo qu'il a allumé distraitement. L'œil aux aguets. Il a fait le tour de la maison, s'est niché dans un angle, pour voir la scène, à l'entrée de la villa. Il est revenu du même pas laconique.

— Y a une ambulance.

— C'est la vie, j'ai répondu.

Je n'allais pas conjecturer des heures. Arthur était bien mort. Tout compte fait, elle aurait été belle. Mort dans les bras d'une femme, dans ses bras ou peut-être encore dans sa bouche. Pompe funèbre... « Et puis je m'en fous, de ce que tu penses », j'ai eu envie de dire à Gabriel. Mais il était silencieux. Je ne sais pas s'il avait compris. Du moins semblait-il respecter le peu d'envie que j'avais de parler en ce moment.

Il tire de longues bouffées sur son cigarillo.

Moi je respire un air lourd du parfum des fleurs. J'ai les mains dans les poches.

La Subaru bâille aux corneilles, portières ouvertes aux vents de la nuit.

On entend, venant de l'autre côté, les bruits de l'agitation humaine, et puis un gyrophare. Parfois, une lumière rouge surgit, disparaît et vient à nouveau se projeter sur le mur blanc de la maison.

Et puis soudain, le bruit de quelque chose qui dérape.

Gabriel a jeté son cigarillo. J'ai tourné mes yeux vers la façade. Une forme humaine a émergé de la fenêtre. Elle se penche, enjambe le balcon et glisse le long de la glycine.

A un moment, j'ai cru qu'elle allait s'écraser au sol. Elle a dégringolé. S'est rattrapée de justesse au treillage de fer rouillé. Une grappe mauve est tombée à mes pieds. Je l'ai ramassée, portée à mes lèvres. Elle sentait bon. Et puis la forme a sauté, il restait trois mètres. Elle est tombée avec un « aïe » étouffé. Je me suis rué au volant, j'ai fait rugir le moteur. Gabriel s'est précipité sur la banquette arrière. Arthur, écorché, les mains en sang, a pris la place du mort et claqué la portière. La Subaru a filé.

Arthur a lancé, haletant :

— Y a du monde devant, non ?

J'ai acquiescé. Gabriel a dit qu'il connaissait un chemin. Nous avons filé vers le nord. Vers la mer. Un bon quart d'heure à vitesse moyenne, et puis le turbo. Arthur ne disait mot. Et puis ç'a été la mer, le ressac des vagues sur le sable avec la nuit tout autour comme un drap de bain trempé dans du pétrole. On s'est arrêtés.

— C'est qui celui-là ?

Arthur s'était retourné vers Gabriel. Le ton était énervé. Gabriel prit ça pour du mépris. Il répondit, l'orgueil cabré :

— Une tarlouze qui t'emmerde, connard, et qui ne joue pas au con sur la glycine des Moreau.

J'ai essayé de temporiser. L'atmosphère s'enflammait.

— Ça va, les gars... On descend et on fait la paix, OK ?

J'ai ouvert la portière. Les pieds sur le sable. Une autre cigarette. La fumée me pique le fond du gosier. Je marche jusqu'à toucher les vagues. Arthur m'a rejoint. Derrière, Gabriel, près de la voiture garée sous un palmier. Juste le point incandescent, orange-rouge, de son cigarillo.

— Bon alors, j'ai dit à Arthur, il se passe quoi, maintenant ?

— C'est la merde... Une sacrée merde... C'est qui, ce type ?

— T'inquiète, c'est un pote. Un peu déjanté, un peu pédé. Il enseigne ici. Un ami d'Angélique, aussi...

Il m'a regardé avec de drôles d'yeux, avant d'ajouter un « putain » de circonstance.

— Bon, écoute, si c'est un ami d'Angélique, ça pose un gros problème... J'marche pas là-dedans. Il jarte de là, et après je t'explique.

Gabriel s'est approché. Démarche de spectre, une main dans la poche, l'autre à ses lèvres, tenant le cigare incandescent. Il a toisé Arthur du regard et puis a lancé :

— Écoute mon gars. Tu sais où t'es, là ? Ça va faire deux ans que je vis ici. Ça va faire aussi deux ans que je connais les Moreau. Toi, je te connais ni d'Eve ni d'Adam. Ça veut pas dire pour autant que je vais te balancer. Pédale mais pas balance, d'accord ? Par contre, je peux peut-être te filer le coup de main qui va sauver ta petite peau de Parisien. Alors tu vas foutre tes scrupules au placard et envoyer la sauce. Parce que de toute façon, rien qu'avec ce que j'ai vu, je te fous quand je veux dans une geôle au soleil jusqu'à l'andropause. T'es pas dans le sixième arrondissement. Ne l'oublie pas. Et te crois pas aux Baléares tout ça parce qu'il y a des palmiers !

Arthur a baissé le regard :

— File-moi une tige, César...

Il l'a allumée avec lenteur. Il tremblait. La première bouffée, il l'a inhalée sans se presser, avant de recracher la fumée vers le ciel sur lequel l'aube allait rappliquer avec ses doigts de rose. On s'est assis sur le sable. Paisibles. Et c'est là qu'Arthur nous a annoncé qu'il avait tiré sur Jean-Paul, numéro deux de l'ambassade de France à Cuba.

La scène, il l'a racontée laconiquement, avec ses mots à lui. Ça se résumait à quelques étapes. Une étreinte, la nuit qui tombe. Les deux corps en émoi. Sa tête dans le cou, les cheveux d'Angélique, sa main sur l'un de ses seins, l'aréole rosée, la peau ferme et violente, l'autre main sur la croupe, le dos qui se cambre, se pâme, une bouche qui soupire, la langue entre les dents, la langue dans sa bouche à lui avec son souffle rauque. Sa main à lui plaquée contre le sillon rose et humide. Une main qui court sur son corps et qui caresse l'intérieur de ses cuisses, des dents qui mordent son torse, et puis sa tête renversée, son dos contre l'étoffe fraîche, les yeux vers la fenêtre ouverte, sa position de martyr du plaisir, crucifié. Son pouls qui s'emballe, cette main qui rampe sur le bas de son ventre, qui le vrille, petite bête, presque douleur, poignante, lui il est ivre de tout ce qui reflue. Il glisse, il sent cette bouche comme un organisme marin, une anémone fixée à son ventre qui le vide, pompe, absorbe sa vie à lui. Des étoiles plein l'hypophyse, son corps refroidi par la nuit et les draps rejetés sur le sol, mais cette chaleur, là, presque brûlante, qui l'étreint juste entre les cuisses.

Et puis le cauchemar. La porte qui s'ouvre et une silhouette trapue dans l'embrasure.

C'est comme ça que Jean-Paul a fait irruption.

Un beau tableau sous les yeux. Arthur bras en croix et, affairée sur lui, bouche chercheuse, sa femme, le sexe d'un autre entre les dents. Il n'y avait pas de club de golf sur le mur. Au début, il n'a pas su quoi faire. Et Arthur crucifié, les yeux écartelés. Angélique s'en est aperçue. Peut-être qu'elle l'aimait bien, pour prendre autant de risques. Ou qu'elle voulait en finir, qu'elle en avait assez de se cacher. Arthur l'a vue s'étendre de tout son long sur lui, offrant son dos blanc au courroux du mari, ses fesses de Danaé attendant la pluie d'or, ses hanches en cou de cygne. Et l'autre qui ne bougeait pas. C'était la nuit. La pleine nuit. Pourquoi était-il là maintenant, il ne devait revenir que le lendemain. Et Angélique, me disait Arthur, d'une voix entrecoupée par l'émotion, Angélique étendue sur lui, et soudain, ouvrant le tiroir de la petite table de chevet, et se retournant, vive, au poing un pistolet, celui de Jean-Paul, qu'il n'avait pas pris avec lui cette fois-ci.

Cette sensation du danger, qu'il n'avait jamais connue, et pourtant il n'y avait pas de danger direct. C'est Angélique qui était armée, les deux mains enserrant la crosse du pistolet, et l'autre, le mari, immobile, ne sachant que faire devant cette femme nue, la sienne, qui le tenait en joue.

Et puis soudain, Jean-Paul se rue, maîtrise cette femme, dont il a tordu le bras. Une belle clef. Angélique poitrine offerte, gémissant, et lui avec même pas un mauvais sourire. Non, aucun sourire, c'est entre eux que ça se joue.

— Je n'avais pas l'impression d'exister. Pour lui, je n'étais pas là, murmure Arthur.

Donc, le visage glacial de Jean-Paul. Visage dur et fermé. Les yeux d'acier, la mâchoire légèrement crispée. Le flingue, à terre, qui avait volé un instant avant de s'écraser, avec un bruit métallique, sur le carrelage de la villa. Sans détonation, car elle avait oublié d'ôter la sécurité. Et puis il a tenté de l'étrangler.

— J'ai vu ses mains de boucher se resserrer comme un étau autour de son cou ; elle se débattait.

Ses jolis seins, son ventre blanc, la toison sombre devenue indécente. Une posture tragique.

— J'ai eu peur, il ajoute.

Et c'est comme ça qu'il a fini par ramasser le pistolet. L'autre a ri. Un rire affreux, a lâché sa proie, sa femme, la femme qu'il voulait châtier.

— Je lui ai dit de ne pas avancer, il a ri de plus belle.

Gabriel avait les yeux dans le vague. Visualisait la scène. Les vagues murmuraient toujours.

— Il a ri et s'est avancé. M'a dit des choses immondes. Il était ivre, je crois. M'a demandé si *cette pute m'avait fait jouir*, c'étaient ses mots, si elle *baisait* bien, si j'avais aimé lui *défoncer le cul*.

Arthur tremblait. Je lui ai offert une autre cigarette. J'ai jeté sur lui un pull-over, que j'ai été chercher dans la voiture. Il a continué :

— Angélique pleurait, maintenant. Je ne pouvais pas supporter ses pleurs. Qu'on humilie cette femme. Il s'est approché encore. Il a essayé de dire autre chose d'immonde... mais j'ai tiré.

J'ai vu le corps de Jean-Paul basculer. Hurler de douleur.

— Il bougeait encore, portant les mains à ses jambes, son ventre. Ce n'était pas une balle seule. Pourtant je n'avais tiré qu'une seule fois. Plutôt de nombreux projectiles. Comme des plombs. Un vacarme fou. Il a essayé de se relever. Sa main ensanglantée s'est appuyée sur le mur. Il y a eu du sang sur le mur. Et puis il n'a plus bougé. Le visage d'Angélique était comme pétrifié. Elle était prostrée, nue, entre le lit et le mur. Je l'ai prise dans mes bras. Et puis j'ai entendu du bruit en bas. Le domestique, ou autre chose, je ne sais pas. J'ai dit à Angélique : « Je suis un voleur, hein ?... Un voleur... » Elle a embrassé mes doigts, et puis la paume de ma main. J'ai entendu des voitures. Une sirène. J'ai ramassé mes fringues, toutes ; surtout, ne laisser aucune trace. Je suis passé dans une autre pièce, mes fringues dans les bras. J'ai tenté de me rhabiller. Et puis je me suis planqué. Il y a eu du monde dans la chambre. Des voix en espagnol et puis aussi en français. Les bruits d'une civière et puis les pleurs d'Angélique, réguliers, horribles à entendre. Après, ça s'est calmé. La pièce avait été mise sous scellés. Des bandes fluorescentes. La fenêtre ouverte. Je me suis penché. Des types en bas furetaient avec des lampes torches. Et puis ils sont partis. J'ai dégringolé par la fenêtre, et vous étiez là.

Silence.

— On savait, a dit Gabriel.

A ce moment-là, il a sauvé ma tête.

— On savait et on est venus avec César, en voiture. On avait rencontré Jean-Paul dans le centre-ville. On a voulu appeler mais le téléphone était décroché.

Je l'ai regardé avec gratitude. Il ne m'avait pas trahi.

L'aube se levait. Un peu de rose au-dessus de la mer, qui écartait les voiles noirs de la nuit et allait faire mourir les étoiles.

J'ai interrogé Gabriel. Je paniquais un peu. Lui, il était concentré :

— T'as tiré où, tu te souviens ?

— Plutôt vers le bas, mais... j'ai pas l'habitude.

— Voilà ce qu'on va faire, a-t-il annoncé. Vous allez me déposer chez moi. Vous deux, vous retournez dans votre chambre du Vedado. Vous n'en bougez pas. Personne n'ira vous chercher là. De toute façon, si on vous chopait, il y aurait autant de risques pour vous que pour votre logeur, donc il dira rien s'il vous voit rentrer maintenant. Moi, je vais essayer de me renseigner quant à l'état de santé de Jean-Paul. Espérons que tu ne l'aies pas tué... On ne fera pas le rapprochement avec moi. Seul Jean-Paul nous a vus ensemble. Mais d'après ce qu'il a dit, il veut se barrer de La Havane... Je ne pense pas qu'il joue la carte du scandale...

On a fait ce qu'il a dit. On s'est recroquevillés. On a pris un bon repas. Arthur a dormi. Beaucoup dormi.

Et puis on a eu cette conversation émouvante. Qu'il s'en foutait de l'agreg. Qu'il avait ouvert les yeux. Qu'il n'aimait plus Marion. Qu'il l'avait aimée mais qu'il ne l'aimait plus. Qu'il allait la quitter. Qu'il avait connu autre chose. Pas seulement la saveur d'une peau nouvelle. Pas seulement un corps. Non, une autre façon de voir la vie. Une autre façon d'en jouir. Que s'il s'en tirait, il ne me remercierait jamais assez de lui avoir permis de connaître ça. Et même s'il ne s'en tirait pas.

J'ai bouquiné beaucoup. J'ai essayé. En somme, nous étions cloîtrés, sans vocation pour ça. J'ai quand même eu une sorte de révélation : je ne pense plus que je tuerai Arthur. Quelque chose a changé en lui, et secrètement, je m'en félicite. Il faut bien, parfois, se faire mousser. Quand la nuit est venue, après ces quinze heures de prison dorée, j'ai écouté à nouveau les bruits de La Havane. J'avais allumé cette lampe verte qui donne un éclairage intemporel à la chambre, et puis j'ai entendu les moteurs qui pétaradent, les cris, les pleurs, les chansons, les appels, les engueulades. Cet espagnol exotique. Le bruit de la chaleur, aussi. On dirait en effet qu'elle résonne, ici. Une sorte de basse continue. Une chaleur qui se transforme en tiédeur vers les huit heures du soir.

J'étais nu sur mon lit, donc rapidement en sueur. J'ai pris une douche. L'eau m'a fait du bien, et son débit a été assez régulier, pour une fois. Il semble que je sois béni des dieux.

Je ne suis pas inquiet. Arthur a l'air de tenir bon. Il roupille encore, je crois. Pas de nouvelles de Gabriel. Le problème, finalement, est simple. Nous partons demain et j'espère que nous partirons. Il y aura les formalités de l'aéroport, les passeports à montrer, et j'espère qu'au dernier moment, une main ne viendra pas nous tirer par le colback, pour nous inculper de meurtre.

Je m'imagine mal sodomisé en plein soleil, à perpétuité. Et puis, peut-être serons-nous extradés, puisqu'il s'agit d'un diplomate de la République française.

Je dis « nous », alors que je n'y suis pour rien. Cette manie que j'ai de m'identifier à mes amis... C'est de là, peut-être, qu'est né ce délirant projet d'assassiner mon meilleur pote. Vouloir être agrégé, comme lui... Enfin...

Il faut croire en sa bonne étoile.

J'aurais aimé passer ma dernière nuit havanaise d'une autre façon. J'aurais voulu revoir Muriel, ou Iris. Mais bon... Pouvais-je en attendre davantage ? C'est déjà beau de vivre.

Voyons comment, lui, il voit la situation.

INTERMÈDE :
EXTRAIT DU JOURNAL D'ARTHUR, CONSULTÉ À SON INSU

César croit que je dors mais je ne dors pas. Pourrai-je encore dormir ? Pourrai-je dormir comme j'ai dormi, finalement, pendant plus de vingt années ? Cuba m'a changé. La vie avec César m'a changé. On ne vit qu'une fois. C'est mon premier grand voyage. Pendant plusieurs années, je suis parti avec Marion. En France ou en Italie. En Irlande, aussi. Je me souviendrai toujours de ce jour où, après des kilomètres et des kilomètres de voiture, nous nous étions retrouvés dans ce pub du fin fond du comté de Mayo. Belmullet, je crois ; une presqu'île. Les autres, Marc, Pauline, Julien et Carole, étaient restés à picoler dans la grande salle. Marion m'avait pris par la main dans un coin de la pièce, un angle mort, presque une alcôve. Elle était un peu ivre, c'est vrai. Moi aussi, puisque je n'avais pas dit non. Elle s'était agenouillée, avait défait les boutons de ma braguette et puis m'avait pris entre ses lèvres. Longuement, avidement. J'avais joui dans sa bouche. Elle m'avait dit que quand elle me fai-

sait ça, elle avait l'impression de me posséder en entier.

Curieusement, c'est l'un des seuls souvenirs érotiques que j'ai avec elle. Ce fin fond de l'Irlande, cette petite pièce fermée aux regards, et elle à genoux, sa veste de cuir sur les épaules, ses cheveux longs que j'ai caressés.

Depuis, plus rien en fait. Une longue routine. Des nuits de couple marié, chez les beaux-parents, ou chez les miens, avec, le lendemain, les petits déjeuners consensuels. « Alors, bien dormi, les amoureux ? », me demandait sa mère, quand ce n'était pas la mienne. Nous avions notre chambre chez ses parents. Plus le moindre érotisme. Non. La routine. Le jeu des Mille Bornes était terminé. Nous avions posé sur la table les derniers kilomètres.

Avec Marion, j'ai eu une amoureuse, puis une amante, puis une maman. Elle cuisine bien. Je ne suis jamais seul quand je rentre à l'appartement. A mon bureau, quand j'ai le cafard, je change de pièce. Elle est là, nous préparons l'agreg tous les deux. Elle me rassure. Bien sûr, nous ne faisons plus l'amour. Du moins plus très souvent. Ça ressemble à du temps perdu. Je connais son corps par cœur. Alors ça servirait à quoi ? Ce que j'aime, c'est poser ma tête contre ses seins. C'est ça, c'est une mère pour moi. J'ai un peu honte.

Pourquoi est-ce à Chloé que je pensais pendant ces nuits où le sommeil ne venait pas ? Chloé, avec qui je n'avais fait l'amour que trois fois. Avec qui ce n'était pourtant pas très torride.

Chloé qui m'avait dit qu'elle aimait les hommes timides. Je n'avais pas eu d'érection la première fois. Et le pire, c'est que ce n'était pas par remords. Et puis je me suis senti bien avec elle... mais pas assez bien pour ne pas retourner chez Marion... enfin, chez moi, je devrais dire. Pas assez bien pour casser le rythme de ma vie. Ce rythme étouffant.

Et puis il y a eu Cuba. Cuba et pas l'île de Ré avec Marion. Cuba avec César, avec ce type qui selon Marion est un instable. Presque un débauché... Alors que c'est d'entre nous tous le plus doué pour la vie.

Et il y a eu Angélique. Ce second dîner, où, me faisant visiter les lieux, alors que son mari était en bas, discutant sous les hibiscus avec César, elle me prit la main fiévreusement, et sembla me réveiller à la vie.

Le lendemain, et ce baiser appuyé. Cette langue au parfum d'oubli.

Les promenades dans le Miramar. Les escapades avec elle dans la Vieille Havane.

Cette journée magnifique. La jeunesse qu'elle semblait retrouver.

Peut-on tomber amoureux en une seule journée ?

Sa robe qu'elle a fait tomber sur le carrelage. Son corps lisse déshabillé de sa pudeur. Et moi, un gamin, finalement. Ce grand lit et ces rideaux diaphanes qui tremblaient sous un léger vent. Sa science amoureuse. Ce corps exquis. Et puis c'est drôle, je me sentais aimé et donc je m'aimais. Je me sentais désiré. De son désir naissait le mien.

Elle m'a fait m'aimer. Pas de pudeur. Le corps sans entrave. Une liberté inouïe.

Peut-on tomber amoureux en une seule journée ?

Maintenant, ça semble terminé pour moi. J'ai tiré plein ventre. Je ne l'ai pas dit à ce type, ce Gabriel... J'ai tiré plein ventre parce que je l'ai détesté de me priver de ce bonheur. Car je sais que c'était mon bonheur. J'ai tiré dans le ventre parce que je voulais qu'il meure. Qu'il crève.

C'est peut-être fini, mais au moins j'ai vécu. Il aura fallu ça.

César m'avait fait écouter un truc, un jour. Ça s'appelait Ribbons, *c'était les* Catchers. *Ça disait :* This world outside this life could never trouble us.

Angélique tu me manques.

14

Déserteurs

— Magnez-vous, bordel !

Gabriel est excédé. Il m'aide à foutre les dernières affaires dans mon sac à dos. Arthur a l'air triste. Rassuré, mais triste. On dirait que son cœur, c'est une larme qui n'arrive pas à sortir.

Je viens de rendre la voiture. Il n'y a pas eu de difficultés. J'ai eu le cœur qui battait très fort dans le bureau climatisé, c'est-à-dire réfrigérant de Havanautos. Gabriel est venu avec moi. Ça m'a beaucoup aidé.

Notre Tupolev part à midi.

Tout est allé très vite.

Jean-Paul n'est pas mort, mais pas en vie non plus. C'est ce qu'on appelle un coma.

Ce coma arrange tout le monde. Angélique, Arthur et lui sont les seuls témoins. Arthur ne dira mot, forcément. Angélique, elle, prend de gros risques en défendant la thèse de l'agression à main armée. C'est donc un Cubain qu'on recherche, tant que Jean-Paul ne se réveille pas.

Gabriel est formel : ce n'est pas un coma profond. Il semble d'ailleurs que la grenaille reçue dans les jambes, le ventre et la tête ne soit pas la seule responsable. Les quantités astronomiques d'alcool ingérées par l'estomac, un cœur usé par les excès variés sont entrés dans la danse.

En quelques mots, une sorte de coma éthylique madré de plomb. Voilà qui nous fait rejoindre l'expression un « cocktail plombé ».

Ce n'est pas drôle, je sais, mais au moins ça nous simplifie la vie.

Je porte le béret d'Iris. Avec mes cheveux longs qui rebiquent sur la nuque, je fais un parfait petit Guevara. Angélique avait raison. A Cuba, on est toujours un peu pèlerin.

Arthur a dit à Gabriel qu'il aimerait voir Angélique une dernière fois. Ce dernier a été formel. Impossible. Trop risqué. Cependant, quand le taxi, officiel, cette fois, nous a déposés devant l'aéroport international Jose Martí, émancipateur de Cuba, mortellement frappé d'une balle espagnole en 1895, paix à son âme, après être passé devant la Plaza de la Revolución, où j'ai salué dévotement mon grand frère le *guerillero heroíco* Ernesto Guevara Lynch de La Serna, une petite Golf noire était là. La vitre teintée s'est baissée, et j'ai vu, les yeux cachés par une paire de lunettes noires, une femme adresser un signe de la main à Arthur. Il a voulu répondre. Elle est partie.

Nous avons enregistré les bagages.

L'épreuve des passeports est arrivée. Pas de main au colback, mais un sourire moustachu. Un peu crispé, j'ai répondu. Il portait un uniforme kaki, ainsi qu'une casquette à visière, comme dans toute république bananière qui se respecte.

Et puis adieu Gabriel et merci pour tout. Et couvre-toi bien. Rappelle-toi ce que disait Jean-Paul des Cubaines. Ça doit être pareil avec les Cubains. Double protection.

Les hôtesses sont jolies et nous servent du rhum. Elles portent un tailleur bleu marine et un chemisier blanc à rayures bleues, verticales. Ça n'a pas l'air de faire de l'effet à Arthur. Le visage contre le hublot, il ne dit mot. Je l'ai laissé. J'ai demandé à une hôtesse la permission de changer de place...

Et puis le temps passe...

Même à 35 000 feet, 560 miles p/hour (10 670 mètres, 901 kilomètres/heure), on parvient encore à percevoir l'obsédant *Un, Dos, Tres* de l'obsédant Ricky Martin. A deux heures à peine de La Havane, casque vissé sur les oreilles, la tête dans les nuages floconneux comme des particules de mousse à raser dans une eau bleu marine, je zappe sur les différentes stations qu'offre l'accoudoir droit du siège 32 K, vol CU 441 de la Cubana de aviación. Ricky Martin-Vivaldi-Salsa.

A travers le hublot, je vois des petits morceaux de terre éparpillés dans l'océan, surlignés de blanc par le sable, comme la craie marque l'emplacement des cadavres dans une fusillade. Ça crépite dans mon casque. Des parasites. Un grand serpent posé dans l'eau bleue verte. C'est une île tout en bas élancée furieuse percée transpercée de lacs fleuves je ne sais pas. Il est quatorze heures, et Iris se lève d'une nuit lourde d'ivresse. Peut-être le corps quinquagénaire de don Luis repose-t-il près de son corps gracile de princesse exotique aux yeux de velours. Il est quatorze heures et Muriel fait étudier *Fermina Marquez* à ses petits élèves cubains. Un moment, elle s'arrête, et regarde par la fenêtre. Tout à l'heure, elle a vu passer un avion et ne s'est pas dit que peut-être, j'étais dedans. Elle pense à moi, enfin j'espère. Cette île aux contours verts de crocodile, tout en bas, c'est Cuba. J'écoute de l'opéra et Arthur est silencieusement triste. Nous sommes dans le ciel. Nous sommes jeunes. Et nous quittons l'île du Lézard vert.

Intermède

EN FORME DE PREMIER BILAN ET DE TRANSITION

Arthur m'a dit qu'avec une rallonge, ce serait parfait. Je pourrais alors brancher mon V-Tech et écrire en paix, face à la piscine, là, sous un parasol, avec un verre de Martini à la portée des lèvres.

Où en est-on ? Assez loin, en fait, et le dénouement, il faudrait qu'il arrive vite. Parce que sinon, je vais finir par me lasser. La première partie de mon programme semble réalisée. Arthur a changé. Oh, il a été longtemps silencieux. Peu communicatif. Il a fallu cette solitude de Bordeaux, cette grande maison à l'extérieur de la ville, pour qu'il se débloque un peu. Et puis ce matin, il a envoyé bouler Marion au téléphone. Marion et puis Chloé. Mais ce qui est sûr, c'est qu'il ne dit pas un mot d'Angélique.

Il n'a plus jamais parlé d'Angélique. Je sais qu'il y pense, bien sûr, puisque je suis tombé sur une page de son journal. Une seule page, mais ô combien révélatrice. En fait, je ne l'avais pas cherché. J'étais en quête d'un comprimé pour le mal de tête, et puis, je suis tombé là-dessus : « Angélique tu me manques. »

Ça me chagrine qu'il ne mette pas plus de volonté là-dedans, qu'il hésite tant à secouer le joug, mais bon, c'est la vie. C'est un gars sérieux et moi pas, mais c'est comme ça. Je n'aurai jamais de petite femme à la maison et de canapé Roche Bobois dans mon salon. Je serai toujours un gamin insupportable. Mais c'est la vie. Une gorgée de café et je m'y remets.

Ça fait une semaine qu'on est là. Un peu plus, peut-être. J'ai perdu la notion du temps. Je sais juste que nous sommes en août. Nous sommes là pour nous guérir des amibes du voyage cubain, et peut-être d'autres choses aussi, de celles qui ne s'en vont pas aussi facilement.

C'est une sorte d'ascèse. Nous lisons beaucoup, nous fumons des cigarettes qui durent très longtemps, nous débattons de choses et d'autres, nous paressons, nous vivons au ralenti et ça fait du bien. Je me lève tard, je prends un petit déjeuner léger mais équilibré à ses côtés, dans la cuisine américaine, et puis le reste de la journée, je ne sais pas vraiment où il le passe. Dans la piscine, peut-être.

Arthur me parle souvent du mont Athos, de ces grands monastères pour l'entrée desquels il faut avoir un parchemin spécial, de ces grandes portes de bois et des plages magnifiques et sablonneuses qui s'étendent au pied des falaises. La journée réglée au rythme des prières, la senteur des lampes à huile, les archimandrites à barbe grise.

Nous repartirons tous les deux peut-être. Mais pour le moment, parlons.

Au bout de ce récit il y a un meurtre. Parce qu'il faudra bien que je le commette, cet acte. Entendons-nous bien. Il s'agit toujours du même problème. Ce vulgaire problème scolaire de la liste d'attente sur laquelle je suis, alors que j'ai depuis ma naissance horreur d'attendre.

J'ai dit tout à l'heure que la première partie de mon programme était réalisée. Arthur a évolué. OK. Maintenant, s'il a rattrapé, lui, son retard sur le sentier de la vie, moi je suis en rade car, en septembre, qu'est-ce qui m'attend ? Une année de galère, une année envolée en fumée si je n'agis pas.

Non, je ne repasserai pas l'agreg. J'ai une *deadline*. Une date imprescriptible. Un rendez-vous avec l'institution ministérielle. Il faut que j'y arrive.

Cependant, on ne choisit pas toujours ce qui nous arrive. Le plus grave, aujourd'hui, ce n'est pas qu'Arthur soit toujours en vie, que je l'entende s'ébattre dans la piscine, que je perçoive sa respiration lorsqu'il tire à fond sur une cigarette, qu'arrive jusqu'à mes oreilles le glouglou du Martini qui glisse le long de son œsophage, non, ce n'est pas ça. Le plus grave c'est qu'il risque de le rester longtemps, en vie. Car l'envie de le buter m'a quitté. Il y a la nécessité, certes, mais comment tuer lorsqu'on est amoureux ?

Oui, hier, je suis tombé amoureux. Et c'est ça le plus grave.

On devrait ignorer tout rapport avec l'amour

quand on projette un meurtre. C'est la meilleure façon de le rater. Balzac disait qu'une nuit d'amour c'était vingt pages de roman en moins. Quand on est payé à la ligne, ça fait un peu cher le coup tiré.

15

Le syndrome *Amicalement vôtre*

C'était il y a quelques jours à Bordeaux.

Arthur a voulu sortir. Ce mot est important. Il faut le prendre dans son sens le plus fort, le plus concret. Nous étions enfermés, nous sortons. C'est aussi simple que ça. Il y avait une semaine que nous n'avions quitté la maison. Nous émergeons. C'est plus simple de dire ça.

Il est environ vingt-trois heures trente quand le bang commence à m'exploser la tête. Chargé à bloc par un ami d'Arthur, dans l'appartement mezzaniné d'un autre type. Il ressemble étrangement à Kurdy Malloy, l'un des protagonistes de la bande dessinée *Jérémiah*, que j'ai toujours rêvé de rencontrer. Décidément, la vie est bien faite.

Je commence à voir des étoiles. Mes jambes sont lourdes. *Hangover* en perspective.

Une heure plus tard, on remercie Kurdy et son ami, et on va s'échouer, nous, les deux ascètes débauchés, dans les bas-fonds de la ville. En fait, il s'agit de bas-fonds en terme d'esthétique. On ne peut pas voir que des lieux magnifiques. Sinon, on se lasse.

Le reste n'a pas tellement d'importance. Fac-similé de Hard Rock café, le Bodegon est l'un des endroits les plus nazes de la ville.

L'atmosphère est saturée de vulgarité. Une ambiance de bordel, avec des visages de maquereaux, gros traits, gueules de boxeurs défoncées, et puis des silhouettes ultra-féminines, des seins, mis en évidence par des bustiers très moulants, et s'arrêtant au-dessus du nombril, souvent percé d'un anneau ou enluminé d'une pierre semi-précieuse, et des fesses valorisées par des pantalons serrés, sous lesquels se devinent les élastiques indécents d'un string. Ces silhouettes oscillent sur des chaussures à talons surcompensés, les chevelures sont portées librement ou remontées sur les nuques avec force barrettes. Des barrettes différentes pour leurs macs de petits amis, qui en font des joints et inhalent une fumée piquante pour leurs neurones pourtant inactifs depuis belle lurette.

Sur cette scène décadente, nous faisons contraste. Contraste avec les autres, mais contraste aussi entre nous, Arthur jouant sur les tonalités modernes, quand j'opte pour un classicisme flirtant avec le baroque. Arthur porte un pantalon-cigarette gris, de marque anglaise, et un tee-shirt blanc très près du corps, avec un col en V. J'ai choisi une chemise blanche, un pantalon de velours à très petites côtes, bleu nuit, et une veste, de velours également, mais lisse, couleur lie-de-vin. Parce que nous sommes en Gironde, et puis aussi parce que j'aime le vin, et que j'ai un goût prononcé pour la lie, quelle qu'elle soit. Tous ces détails sont là pour illustrer vestimentairement ce qu'Arthur appelle le syndrome *Amicalement vôtre*. C'est-à-dire, d'après la série anglaise bien connue, *The Pretenders*, la paire gagnante : d'un côté Brett Sinclair, l'aristocrate anglais, bien élevé, très snob, et de l'autre, le parvenu américain décontracté et sans préjugés Danny Wilde. Pour Arthur, c'est le contraste établi entre chacune des deux individualités de cette paire qui en fait la force. *Concordia discors*, aurait dit un sage ancien. L'alliance des contraires, une posture existentielle radicale, qui doit faire mouche à tous les coups.

Mais pour l'instant, le bilan est plutôt négatif et, dans nos tenues de pseudo-dandys, nous avons plutôt l'air de deux losers. Notre concept défaille. *Amicalement vôtre* n'a plus l'air de faire tellement recette. D'ailleurs, les beurettes sont sans charme, et le moindre regard un peu tendre de votre serviteur vers une croupe ou une poitrine avenante est aussitôt sanctionné par la moue agressive des molosses revêches qui les accompagnent. La musique se fait déprimante, du genre Aqua remixé par Adamo. Paix à son âme. Non, nous ne nous embêtons pas. Nous avons plein de trucs à nous raconter, par exemple pourquoi dans le cas de *Rodogune* Corneille parle d'une pièce *implexe*, ou pourquoi Ronsard se sert tant de la structure marotique dans *Les Amours*. Et puis, nous avons de quoi rafraîchir notre gosier : un liquide à la saveur fadasse qui se prétend bière, et qui s'écluse comme un diesel avec des relents d'essence sans plomb.

En face de moi, c'est-à-dire dos à Arthur, une demi-douzaine de jeunes gens sont attablés. Ils rient. Ils rient bêtement. Ils ressemblent à des personnages de Bosch. A ceux de *La Nef des fous*, par exemple. Ils rient autour de leur bière et ils sont laids.

Les apparitions, on croit toujours que ça n'existe qu'à Lourdes. C'est faux.

Elle est blonde, elle a les cheveux mi-longs, une sorte de carré assez moderne, des lèvres pulpeuses. Des formes, et un pantalon noir pattes d'éléphant. Un petit haut décolleté de la même couleur. Elle s'appelle Margaret. Nous ne le savons pas encore mais nous le saurons bientôt.

Elle est brune. Disons châtain clair, la peau mate. Elancée, les cheveux longs. Elle porte un jeans et un léger gilet blanc, très près du corps. Des nu-pieds, semelles seventies. Elle s'appelle Evelyn, mais elle préfère Evie. Je ne le sais pas encore mais elle me le dira bientôt.

Elles s'assoient à la table des six types et je ne comprends vraiment pas. Visiblement, elles sont avec eux. Et puis, parce qu'il faut bien que ça arrive, je m'aperçois que cette fille brune, Evie, me plaît beaucoup.

— Laisse tomber, me dit Arthur. Elles sont cernées... Alors je te disais, ce qui me fascine dans *Œdipe roi*, c'est que l'enquête qu'il décide n'est rien d'autre que la mise en spectacle de son passé ou si tu préfères de son histoire intime... Quand il dit *je remonterai aux racines*, ou *je ferai la lumière*, ou encore *j'irai jusqu'au bout*.

— Oui, c'est ça... *J'irai jusqu'au bout*.

— Bon, tu es d'accord... Ça me chagrinait un peu que tu ne sois pas d'accord.

— *J'irai jusqu'au bout...*

Je la regarde de plus en plus. C'est curieux, ces regards. Elle, elle ne me regarde pas, et pourtant j'ai l'impression que tout est en train de se faire, que je touche à son intimité, que peu à peu, elle commence à rentrer dans mon histoire. Qu'un jour, j'embrasserai ses seins, que je verrai bientôt un visage d'elle qui sera différent, qui ne sera pas ce visage social mais le visage privé qui ne craint pas d'exprimer le plus intime... Vulgairement, ce que je fais, ça s'appelle « mater ». C'est drôle, mais ça me rappelle le verbe espagnol « *matar* », qu'on retrouve dans « matador ». « Matar », c'est « tuer ». Je mate, donc je tue... Aussi vrai que le truc de Descartes. Je ne sais plus trop ce que je pense à ce moment-là sauf que je sais que :

— *J'irai jusqu'au bout.*

— Mais qu'est ce qui te prend, à répéter ça ? Tu m'écoutes pas ?

Je m'arrache à mon matage. Je me tourne vers lui. Je souris généreusement.

— Non, je ne t'écoute plus. Je l'écoute, elle...

Il a l'air énervé.

Elle a vraiment l'air de s'embêter. Elle vient de tourner sa chaise. Se tient de profil. De profil pour eux — le profil droit ; de profil pour moi — le profil gauche. Elle fume cigarette sur cigarette. Elle a l'air triste. L'autre, moins.

Je lui en demande une. Je suis timide. Je m'approche d'elle. Je prends mes yeux de velours. Elle ne comprend pas, et puis :

— *Oh... a cigarette...*

Elle est donc étrangère. Anglaise ou Américaine, à l'accent. J'ai beaucoup de préjugés contre les Américaines. Je préférerais qu'elle fût anglaise. Elle me tend une Marlboro. Les six types me fusillent du regard. Allez vous faire foutre. Mais elle se détourne, à nouveau. Et puis elle se lève avec son amie. Je leur souris.

— Arthur ?

— Oui ?

— Tu veux pas les suivre ?

— Vas-y toi-même !... Pourquoi moi ?...

— Attends... Ça va faire le mec collant. Vas-y... S'il te plaît...

Merci Arthur. Il s'est levé, un peu voûté ; sa façon de marcher habituelle.

*

Je suis furieux contre Arthur. Elles lui ont demandé, en bas, de les prendre en photo. Bien sûr, il l'a fait. Mais il n'a fait que ça, avant de me rejoindre et de s'asseoir devant son verre vide, placidement, la tâche utilitaire effectuée. Je sens qu'à nouveau je vais avoir envie de le tuer.

— Attends, qu'est-ce que je pouvais faire ? proteste-t-il.

— Mais tout, Arthur, tout... Les revoir...

Maintenant, il s'en veut. Surtout qu'elles sont en train de plier bagage, avec leur escorte.

Nous les suivons. Elles sont en queue de peloton. A l'avant, les types rient. Elles, elles parlent entre elles. Conciliabules secrets.

— Je suis sûr que les types veulent les emmener danser. Il vont les emmener à La Lune dans le caniveau. J'en suis sûr.

Perspicace, le Arthur. On les a rattrapés en caisse. La Lune était fermée. Même pas le dernier quartier ; non, rien de rien. Ils ont rebroussé chemin. Comme des cons, de sales gamins de six sept ans, nous les avons suivis en voiture. Les types n'assuraient pas. A chaque nouvel endroit, ça n'avait pas l'air de convenir. Elles s'arrêtaient, rebroussaient chemin. A un feu rouge, on a failli être repérés. Evie s'est retournée. Arthur s'est couché sur le volant ; j'ai embrassé le tableau de bord. C'était moins une. Nous nous y prenons comme des manches.

Voilà ce qu'il faudrait faire : ouvrir la boîte à gants ; sortir, flingue au poing. Abattre les deux premiers, sans sommation. Profiter de la panique pour s'emparer des deux créatures célestes. C'est Arthur qui s'en charge. Je le couvre avec mon Beretta, impérial, pendant qu'il les couche de force sur la banquette arrière. Il démarre. Je saute en fosbury par la vitre, ouverte. Dans un crissement de pneus apocalyptique, la Clio fait place nette. Mon doigt brandi fait un geste obscène à l'intention des rescapés. Les autres, touchés par mes balles, se tordent de douleur sur le macadam froid. C'est impeccable. Les deux filles n'en peuvent plus de nous remercier. Nous faisons l'amour toute la nuit. Ensuite, leurs parents, fortunés, font de nous des jeunes hommes pleins aux as en acceptant de payer la rançon. Bien sûr, quinze jours plus tard, les deux nymphes viennent nous rejoindre dans la villa que nous avons louée aux Bahamas...

Mais bon, ce n'est pas permis.

Arthur a voulu garer la voiture, pour les suivre à pied. Je suis resté pour ne pas perdre le fil. Il a tardé à revenir. Elles avaient bifurqué dans une rue obscure. Il n'y avait qu'un bar, là-bas, glauque. On est entrés. Elles n'étaient pas là.

Alors on est rentrés. Arthur avait les boules. « On est nuls », j'ai dit. J'ai passé une mauvaise nuit.

*

Parfois, j'ai des crises d'angoisse terribles. Des crises qui me serrent les tripes et m'obligent à me réfugier dans la demi-obscurité de la chambre. Les volets sont tirés. Je branche alors mon discman et je mets les Beastie Boys à fond. Mais c'est peine perdue. Je gamberge. Je ne serai jamais agrégé. Mon avenir, je le vois noir comme un clip de Hole.

And I cry and no one can hear
Inhale
The blinded eyes that see the chaos.

Je gamberge dans ma tête, le cerveau en capilotade, la cervelle en sauce gribiche.

And the angels kneel into the frozen lights.

Étouffé par mes exigences, je ressemble alors à un protagoniste de Moonraker, vous savez, celui qu'on largue à la fin, dans l'hyperespace, sans oxygène. Celui qui clamse, quoi... pendant que James Bond-Roger Moore fait l'amour, rideaux de la capsule spatiale tirés à fond, à une pin-up blonde aux seins mignons, aux hanches fines et à l'accent prononcé. J'ai toujours été du côté Spectre.

Pourquoi parfois tout va-t-il si mal ? Pourquoi parfois n'avançons-nous plus ?

Je ne la reverrai plus ?...

*

Et si...

Une fois, ça ne suffit pour tomber amoureux que dans les romans. Les romans de la fiction, ceux qui ne traitent pas de la vraie vie.

Et puis, on ne tombe pas amoureux d'un corps seulement.

La bêtise d'une femme, ça vous fait parfois reculer. Alors quand l'une d'elles se met à vous parler de ce qui vous tient le plus à cœur, quand celle-ci vous annonce, avec un sourire mélancolique, qu'elle veut écrire, qu'elle est folle de Kerouac, que la Beat Generation c'est sa vie, cela réveille des échos en vous que vous ne pouvez que faiblement étouffer. Quand tout cela est dit d'une voix douce mais décidée, quand la voix provient d'une poitrine délicate, que cette voix, après avoir fait vibrer de mignonnes cordes vocales, émerge par une bouche à la moue rebelle, qu'au-dessus de cette bouche, il y a des yeux obstinés, qui semblent prendre le relais... Vous vous dites que vous êtes prêt à tomber pour ces yeux-là, cette bouche-là, ce corps-là, et puis les deux lobes du cerveau, la sensibilité à fleur de peau qui vous parlent de Kerouac. Vous vous dites qu'un peu plus, vous partiriez dans les montagnes évangéliser des paysages himalayens, que vous planteriez votre tente en peau de yack en plein désert de Gobi avec elle, s'il le fallait, rien que pour avoir le plaisir de l'écouter encore et la prendre dans vos bras aussi.

On réfléchit souvent par rapport à son passé, même s'il est court, même s'il n'est pas loin du tout.

Quand Ariane m'avait harponné, c'était un mois d'avril et dans un petit café près de la Sorbonne. Elle était lycéenne. J'étais en maîtrise de lettres. C'est sa fraîcheur qui m'avait frappé, son inconsciente joie de vivre. Rien d'intellectuel, au contraire. Tout dans l'instinctif. Elle était toute jeune, avait de la folie dans le sang. Mais de la folie jeune. Du Guronsan dans les veines et sans doute, déjà, un peu de cocaïne.

C'est là que je vois que j'ai grandi. Ces choses-là ne me plairont plus maintenant que dans une certaine mesure. Momentanément. De façon éphémère. J'ai aujourd'hui troqué la petite fée étourdie pour la mélancolie active. Evie a une sorte de folie dans le corps. Mais on sent que chez elle, il ne s'agit plus d'instinct, d'élan inconscient. Elle le sait, elle essaie de lutter contre ça. Une folie ancrée dans les tréfonds de sa chair. Elle a pour ainsi dire le même âge qu'Ariane. Mais elle la dépasse de très loin.

Folie qu'elle veut calmer. Folie qui ne la laisse pas en paix. Folie qui, la nuit, la fait se prendre de convulsions. Folie qu'elle guérit par des rêves de littérature, pour canaliser tout cela ; et puis, quand ça ne suffit pas, par les anxiolytiques. Comme si le monde était trop petit. Elle veut secouer le joug, quand Ariane se soumettait à la fausse révolte, la rébellion facile. Du fond de son Texas, elle veut vivre plus. Quitter ce paradis désertique, les grandes propriétés où elle étouffe, non par manque d'air, non par défaut de grands espaces, mais par manque de culture. Ce sont des veaux qui l'entourent. Ne t'en fais pas, Evie : nous organiserons ton enlèvement. Je passerai sur ta cuisse un baume oriental qui fera disparaître cette odieuse marque de bétail. Le fer rouge ne résiste pas aux caresses d'un archange. Nous irons au Mexique ou ailleurs. Je plongerai des rochers d'Acapulco, comme les stars des publicités de quand j'avais dix ans. Nous boirons de nombreuses margaritas. De la tequila, aussi, et puis nous traverserons le désert dans une vieille voiture jaune. Nous nous saoulerons de nos corps et d'imagination. Ariane est morte pour moi, je te l'ai dit.

Car je l'ai revue, Evie. Pas au Bodegon, ce sombre endroit qui sent l'ennui et la mort psychique. Non, c'était dans les rues de Bordeaux, le long des allées de Tourny, là où il arrive au promeneur de rencontrer Philippe Sollers et de ne pas le reconnaître. J'allais chercher une bouteille de très bon vin. Un Pomerol.

Et puis on les a croisées. C'est elle qui a fait les premiers pas. Arthur a eu du mal à s'en souvenir. Il croyait que c'étaient les Allemandes dont je lui avais parlé, que j'avais rencontrées deux jours avant. Comme si Evie pouvait être confondue avec une Allemande.

Elle a dit, en anglais :

— *Oh... hello... We met you at this bar, two days ago...*

Moi, bien sûr que je savais. Je n'avais que peu dormi depuis, forcé de lire des bandes dessinées de Manara pour retrouver l'espoir. De boire beaucoup de Martini aussi.

16

Envie d'Evie

Les raisons d'un sentiment, je ne sais pas s'il est décent de vouloir les trouver, à tout prix. Ce que je sais, si je passe sur cette première rencontre ratée de mercredi soir, ce que je sais donc, c'est que je me sens vraiment bien ici, à cette table, avec elle, et que je sens que je la regarde d'une façon singulière. Je dois avoir les yeux qui brillent. Et c'est plus que du désir.

Car nous sommes attablés. Une place de Bordeaux dont je ne sais pas le nom. Une terrasse où nous récoltons de jolies et généreuses miettes de soleil. Il fait bon et, à vingt mètres, devant une boutique de fringues de skate, un Black mixe tout en contorsions.

J'ai commandé un deuxième café. Une seule expression convient pour retranscrire ce que je ressens : je « biche ». Je biche devant ses yeux de biche. C'est con, mais j'ai envie de dire ça. Pendant ce temps, Arthur, dans un anglais que je ne lui connaissais pas, papote avec Margaret, qui vit dans le New Jersey, à dix minutes de NY. Ça a l'air d'intéresser Arthur, qui lui parle de Princeton et de Columbia. Je préfère revenir à la conversation que je mène avec mon Evelyn, d'autant plus qu'Arthur tente d'expliquer à Margaret ce que c'est que l'agrégation. J'ai cru devenir très méchant, soudain. Tout ce que j'ai pu faire pour me gouverner, c'est adopter un air grave, dire que j'avais raté et qu'Arthur, lui, l'avait eue. Et puis, intérieurement, j'ai commencé à bouillir. Je me suis absenté pour aller ruminer — une façon de digérer — ma colère. Mon estomac me faisait mal. Brûlait le fond de mon œsophage. J'avais la nausée, la bile aux lèvres. Je suis entré dans le café, me suis dirigé vers les gogues. J'ai tiré le verrou et j'ai eu, brutalement, envie de vomir. Ce n'était que nerveux. Une manière de catharsis. J'ai avalé de l'eau au robinet, j'ai allumé un clope, et puis j'ai écrit sur le mur : « César encule l'agreg » et puis aussi « Plutôt la vie ». Un vieux souvenir. J'avais vu ça chez Raphaël, un graffiti sur un mur. Je n'avais pas su, sur le moment, ce que cela voulait dire exactement. Mais aujourd'hui je trouvais que ça correspondait exactement à ce que je ressentais.

Je suis revenu. Ça allait mieux. Ce qui m'inquiète, c'est cette fragilité nerveuse, depuis quelque temps.

Pour finir l'histoire, histoire d'avoir toutes les données bien en main, il faut peut-être dire ce que Evie et Margaret foutent en Gironde. Réponse : elles déboisent.

Ça paraît curieux, mais c'est comme ça.

Une raison pour venir en France qui satisfaisait Papa et Maman. La haine de la glande. Elles travailleraient pour l'avenir de la planète, au service de la civilisation.

Tout ce que je sais, c'est qu'elles déboisent. Elles font un chemin à travers la forêt, à quinze kilomètres de Bordeaux. Carignan, ça s'appelle. Une sorte de bagne. Un endroit cosmopolite. Plein de « jeunes ». Je hais le mot « jeune », qui couvre tellement souvent un mensonge. On devrait en contrôler l'appellation, au même titre que les vins. Il faudrait passer des tests de jeunesse. Par exemple, selon l'aptitude à changer d'avis toutes les deux heures, la faculté de se libérer des contingences matérielles, d'inventer sa vie, de secouer le joug. C'est ça qui fait la jeunesse, pas le reste. Pas les fringues, la consommation, la sexualité, le fait d'apprécier les choses qu'on nous dit d'apprécier.

Rendez-vous a été pris pour le soir. Elles nous disent qu'elles doivent retourner au camp. Deux jours plus tard, elles ajouteront à « camp » le complément « de concentration ». Elles s'y morfondent. Nous allons agir.

Une boîte de salsa dans le vieux Bordeaux. Elles ne sont pas là. Nous rejoignons des amis d'Arthur pour prendre un verre.

— Elles se sont foutues de votre gueule. Elles ne viendront pas.

Je lance des regards furibards à Thomas. Ses cheveux frisés m'agacent. S'il continue, je les lui fais bouffer.

— Et puis, elles sont Américaines... Pas touche... Tu sais, là-bas, c'est prude...

Arthur ne dit rien. Margaret lui plaît, il me l'a dit, avant d'ajouter : « Écoute, c'est idiot, on n'a plus dix-sept ans, pour donner des rencarts comme ça... » Une telle faculté à perdre ses illusions, l'excuse de l'âge, ça m'a diablement énervé. Et puis, les autres qui rient, ça m'agace aussi. Je lui ai répondu que mon souhait le plus cher c'était de retrouver mes dix-sept ans et d'y rester. D'y couler, même. L'autre, avec ses cheveux frisés, me prenait pour un rameneur. Parce qu'il voyait de la vanité là où il n'y avait que de l'excitation. J'ai dit à Arthur qu'il fallait retourner jeter un œil là-bas. Les autres ont ri. Bêtement ri. Marc a même lancé :

— On vous attend là... On vous recommande une bière.

Elles étaient là, mais pas seules. Je croyais que la race des chaperons avait été exterminée il y a fort longtemps. Il semble qu'il y ait eu quelques survivants. Si c'est le cas, je promets d'y remédier. Le type qui les accompagne est l'un des types du Bodegon. C'est le responsable du camp. Evie me chuchote à l'oreille qu'elle n'a pas pu se libérer de Big Brother. Comme Cuba n'est pas loin dans nos têtes, nous passons un bon moment. Arthur a failli se plonger dans un bain de mélancolie, mais je l'ai rattrapé par la manche.

— Parfois, je pense à Angélique, me dit-il.

Je lui réponds que ce n'est pas un mal, que les souvenirs donnent du poids à la vie, mais qu'il ne faut pas oublier de passer les vitesses. J'ai cru bon d'ajouter :

— Elle sera peut-être en France l'année prochaine... Revois-la...

Il n'a pas répondu, et puis Margaret s'est rapprochée de lui, les hanches en mouvement. Big Brother commençait à me faire chier. Ses contorsions m'indisposaient. Dès qu'Evie me murmurait des choses que d'ailleurs je ne comprenais pas, à cause de l'anglais et du volume de la musique, chaque fois qu'elle s'approchait de mes oreilles frémissantes, Big Brother me lançait un regard réfrigérant. Il avait une fort désagréable manie de s'éponger le front en rejetant sur le côté sa mèche blonde d'apprenti charcutier. Mais un apprenti-charcutier baraqué. J'ai voulu lui lancer à la figure mon verre de rhum. J'ai hésité. Et puis je l'ai bu. Un type est venu faire son numéro à Evie. Elle a rigolé. Il a décampé. Elle s'est approchée de moi et m'a souri. Big Brother a sonné la retraite une heure plus tard. Salopard de Big Brother.

Et puis la situation s'est compliquée. Un soir, Margaret m'a dit qu'Evie avait pleuré toute la journée. La vie au camp était devenue insupportable et Big Brother lui collait un peu trop au train. Le lendemain après-midi, un coup de fil. Elles s'évaderont, ont-elles dit. On les a repêchées à cinq cents mètres du camp. Elles avaient dit à Big Brother qu'elles allaient se promener. Une heure après, la Clio traversait la Garonne. Arthur était trop fatigué pour aller jusqu'à l'océan. Je lui en ai beaucoup voulu.

Nous sommes allés chez lui. Belle nuit. Beaucoup d'étoiles. La soirée commence bien. Il est assez tard, mais il fait encore bon. Pour seul éclairage, il y a la piscine. Une lumière bleue. Sur le palais, un bon bordeaux. Les filles ont l'air heureuses. J'ai les cheveux mouillés car je viens de me baigner. L'eau était fraîche. Nous parlons de plein de choses. Parce que j'ai froid, et que je suis triste car personne ne m'a suivi dans ma baignade, Evie m'a prêté son gilet blanc. Elle me demande si je m'habille souvent avec des trucs de femme. Je dis que c'est l'un de mes plus grands plaisirs dans la vie.

Toutefois, même si l'atmosphère est délicieuse, même si nous n'avons pas besoin de commenter la configuration des étoiles, d'en nommer toutes les constellations, pour alimenter la conversation, je me sens vraiment bizarre. En fait, je la trouve trop belle pour moi. C'est con à dire, mais c'est comme ça. Le temps passe, et elle ne fait rien pour sortir la conversation de ses retranchements, elle ne fait rien pour en inverser le cours qui, je le devine, sera rectiligne, jusqu'au congé qu'il faudra bien qu'elles finissent par nous donner. Oh, cela va mal se finir. Je me sens nul.

En fait, c'est Arthur qui a fait sortir la conversation de ses rails. Je ne sais pas ce qu'il lui a pris. Arthur, j'aurais voulu te clouer le bec avec une balle de 22 long rifle. Pourquoi as-tu dit ça, alors que rien ne le justifiait :

— *I miss my girlfriend.* Je vis avec elle depuis six ans...

Bla bla bla : comment me faucher en plein vol en une phrase. Bien sûr, la discussion a viré « problèmes sentimentaux ». Margaret a demandé à

Evie si elle avait un *boyfriend*. Elle a dit que oui, mais qu'il était trop sérieux pour elle. Et puis Evie m'a demandé où j'en étais, moi. J'ai dit que j'étais seul. Arthur a cru bon ajouter que l'année avait été sentimentalement difficile pour moi. Il a précisé que j'avais été marié, que la cérémonie s'était passée en Inde. Certes, c'était diablement original, mais un froid a été jeté, d'un seul coup, sur la scène. Ce qui était une petite soirée sous les étoiles, un verre de vin à portée de lèvres, ce qui était une nuit paisible avec voie lactée et eau bleutée s'est transformé en un calvaire réfrigérant. Le Golgotha moins la chaleur. Où ai-je mis ma couronne d'épines ? La gêne triomphait. Arthur a cru bon de proposer une dernière virée avant de les ramener. Il a voulu réparer la situation en suggérant d'aller dans l'appartement de l'un de ses amis absent.

L'appart de Pierre est chouette, ce n'est pas le problème. Mais je me sens brutalement seul. Arthur avait tout foutu en l'air. Finie l'ivresse. C'est une vraie descente. Le couillon. Tout ça foutu en l'air. Oh, ça n'a pas traîné. Le tragique s'est pointé très vite, avec son museau de fouine, pour me donner un mal au cœur carabiné. J'avais deux raisons maintenant de buter Arthur : sa place d'agrégé, et puis aussi le fait d'avoir fait avorter l'histoire d'amour de ma vie.

Arthur ne se mouillerait plus, et cette fille représentait trop pour moi pour que je veuille déconner. Deux filles et deux mecs dans un appartement, ça ne fait pas la moindre ambiguïté quand vous avez envie de vous amuser, que vous êtes un peu ivre. Mais là, non seulement je n'étais plus ivre, mais en outre je n'avais pas la moindre envie de m'amuser. Je ne cherchais pas le divertissement, bien que l'amour soit par essence une forme de divertissement, une invention humaine, une ruse de la raison pour aider la nature à arriver à ses fins. Mais j'avais besoin de croire aux choses, de m'illusionner un peu pour vivre. Et puis je n'y peux rien si je me sens obligé de la regarder sans cesse, si mes yeux semblent fondre à force de langueur. Ah, Valmont, puissent tes mânes venir à mon secours...

Arthur ne se mouillerait pas. Il avait repris la voie de la sagesse. Je pourrais dire aussi bien de la lâcheté. C'était con pour lui car, à présent, je ne lui laisserais plus aucune chance. Il surplombe la scène avec un tel détachement, hochant de temps à autres la tête à ce que dit Margaret, que ça commence à faire beaucoup d'eau dans le vase. Evie, qui rime avec envie, regarde, distraitement, ses doigts de pieds colorés de rose pâle. De petits pieds bruns que je voudrais embrasser, manier comme des bibelots fragiles. Il fait chaud dans la pièce. Il y a une grande fenêtre, mais elle paraît bloquée, curieusement. On ne peut pas plus ouvrir la vitre que briser la glace qui semble maintenant nous entourer.

Je me lève avec un peu d'énervement dans les pattes. La faim me lèche le ventre. Je me lève pour faire bouillir de l'eau, histoire de confectionner une pasta, que je ferai passer avec un fond de Martini. Arthur considère le spectacle avec attention, avec l'attitude suprême de celui qui domine, et dominera quoi qu'il en soit puisqu'il a décidé de conserver son intégrité, de ne pas se mouiller dans une affaire qui ne le concerne plus. Les musiques se succèdent. On ne parle de rien. Margaret se lève. Debout, devant la chaîne, elle commente la discothèque... Evie, toujours impassible, me tourne le dos, faussement lascivement renversée, faussement. Il n'y a rien à faire. Alors forcément il y a un point où ça agace, où il se produit ce que l'on appelle, dans la tragédie classique, une situation bloquée.

Arthur a lancé le signal du départ. Tout cela a la saveur d'un beau fiasco, vous savez, ce concept qui va si bien à notre génération. On descend alors d'un grave pas un à un les degrés des escaliers médiévaux. *Fuck it all*, mon sang ne fait plus aucun tour dans mon cerveau. Elle marche d'un pas lent, inconsciente, complètement ailleurs. Tout à l'heure, elle m'a avoué qu'elle avait cessé de prendre ses anxiolytiques. Moi, évidemment, ça m'a touché. Elle descend donc devant moi les degrés. L'autre, je m'en fous. Elle ressemble trop à Indra ; je n'aime pas les has-been. Arthur plane au-dessus de la scène. Impérialement.

Dans la voiture, c'est maintenant les Beatles qui tournent. Cela n'a aucune importance, je me sens si lourd, et si léger à la fois. On ne sait plus tellement ce que l'on ressent dans ces moments-là. Evie s'étire, petite lionne à se damner. Ambiance à la Julien Baer, petits échos filtrant dans la nuit. Je lui ai dit qu'elle ressemblait à l'héroïne de Nabokov, elle m'a répondu que ce n'était pas très sympathique de la comparer à une *thirteen year-*

old nymph... Elle dit alors qu'elle s'étire qu'elle aimerait faire la fête encore et encore dans la voiture. Il y a un petit problème cependant : nous sommes lassés.

Le retour se passe convenablement. C'est-à-dire que je parle tout seul, qu'elles se parlent entre elles, ou plutôt ne se disent mot. Un silence de garces. J'ai mis Björk. Dans ce court récit, il sera beaucoup question de musique, d'ambiances défaitistes... Björk donc, et la route qui défile. Elle semble inquiète, palpitante, mais ne frétille pas. Blasée plutôt. La garce, la garce, la garce. La route défile le long des sapins. Arthur toujours muet à en clamser.

La maladie d'amour tranche les langues. Le cœur palpite mais on se tait. La recette de l'adolescence éternelle, c'est la palpitation consentie. Il suffit de s'entraîner à frémir. On arrive là-bas et c'est la fin. J'ai décidé de ne plus livrer une seule de mes paroles. Elle a tout gâché, cette salope. Et Arthur aussi. Il fait nuit, et pourtant il y a encore des gens debout, au camp de concentration. Elles semblent indécises. Evie s'est absentée.

— Elle est bizarre, ton amie, j'ai dit à Margaret.

— Moi aussi, je me sens bizarre, elle répond.

La conne. C'est elle dont il est question ?

— *I think she feels frustrated.*

On se trouve toujours des raisons. Les plus mauvaises sont les bonnes. La frustration, c'est la honte de n'être que ce qu'on est.

Evie revient, nonchalante. On repart. Un baiser appuyé. Les losers sont de retour à Bordeaux. Je ne fulmine même plus. Je suis mort, c'est tout. Mort. On traverse la Garonne. En deux secondes je suis dans mon lit et c'est reparti pour une nuit blanche de sommeil. Une nuit vierge sans pollution nocturne. Une nuit dans les paradis de la chasteté.

17

Fiasco à Carignan

Ça faisait deux jours qu'elles n'avaient pas donné signe de vie.

Je suis passablement inquiet. Nous sommes l'après-midi. Il fait une putain de chaleur et cette foutue piscine m'agace. J'y trouve Arthur, qui fait bronzette, une binouze à la main.

— Arthur, elles n'appellent pas.

Il a tourné la tête de mauvaise grâce.

— Écoute... Le mieux, c'est de laisser tomber. Ce sont des allumeuses, des petites chiennes d'allumeuses...

— Tu sais que ça te va pas de parler comme ça ?

Je me suis approché, mis en situation d'énervement par ce type de remarque.

— Saloperie d'agrégé.

— Quoi ?

— Tu ferais mieux de bouger ton cul, au lieu de glandouiller et de prendre du bide.

J'étais furieux, mais ça m'a vite énervé de m'énerver. J'en avais marre.

— Arthur, y a rien à faire ?

Là, il s'est levé pour de bon.

— Écoute... Oublie...

J'ai shooté dans sa bière. Elle a volé dans les sapins, avec un bruit nul.

— Tu vas te calmer, bordel ? Ça va pas ?

Et là, une seconde, j'ai hésité... J'ai hésité à tout balancer. Qu'il devait peut-être à cette fille d'avoir encore la vie sauve. Que si je ne l'avais pas rencontrée, j'aurais peut-être gardé les idées claires. Il lui restait une dernière chance de sauver sa putain de peau. Je me suis pris à concevoir un drôle de pacte dans ma tête, et je lui ai dit :

— Écoute, Arthur, si je récupère cette fille, je te laisse la vie sauve.

Bien sûr, il n'a pas compris.

— Comment ça, tu me laisses la vie sauve ?

Seulement, je ne plaisantais pas. J'ai pris mon visage de petite frappe sorbonnicole.

— Explique-toi bon Dieu !

Il avait l'air inquiet.

— Je déconne, t'inquiète... Simplement, cette fille compte plus que tout pour moi. Celle-là, je ne peux rien faire avec elle. J'arrive pas à lui parler... Je suis amoureux, tu piges ? AMOUREUX. C'est plus très clair dans ma tête alors tâche de comprendre. Y a qu'elle, tu comprends ? Si tu m'aides à la récupérer, je te laisse en vie...

Mon regard devait être bizarre. Bizarrement tendu. Peut-être noir et lourd de sous-entendus. Il s'est levé de sa chaise longue :

— Tu déconnes complètement mon vieux... Non, sérieusement, tu débloques... Ça veut dire quoi, ça, tu me laisses la vie sauve ?

— Rien de plus que ce que ça signifie d'habitude. Que je ne te tue pas si je parviens à revoir Evie et si ça marche entre nous.

Il a passé sa main sous son menton mal rasé, très perplexe, se demandant encore s'il comprenait vraiment tout. Et puis il a cru que je déconnais.

— Mais on part demain !

— Je sais, mais elle, elle reste encore quinze jours à Bordeaux.

— Et alors, ça changera quoi ? Elle se casse chez elle après... Tu vas partir aux States, peut-être... ?

C'est vrai, c'était con. Mais merde ! C'était un obstacle de plus, c'est tout ! Elle est américaine, et alors ? On vivait sur la même planète et c'était déjà une chance, non ? C'est ce que j'ai dit à Arthur.

— T'es complètement cinglé...

— C'est l'amour...

Je crois que j'ai dit ça avec un sourire idiot.

— Putain, ces grandes phrases ! T'es taré, t'es complètement taré. C'est bien ce que disait Marion !

Le con. Le con le con le con.

— Elle a bon dos, Marion, entre Chloé et Angélique...

— Connard...

Il s'est rué sur moi. On a roulé dans l'herbe. Et puis ça a été du ciment, des dalles. En deux secondes, on était tous les deux dans la flotte. J'ai essayé de le maintenir sous l'eau, mais il était plus costaud. J'ai bu la tasse. Nous sommes sortis tous les deux avec les idées en place.

Le soir, on a pris la voiture. On a fini par trouver le camp. Une vaste maison un peu sale, entourée d'un bois. Il faisait nuit. Aucune voiture. Big Brother n'était pas là. Arthur s'est garé à cinquante mètres.

— Écoute, j'ai fait, je préfère y aller seul.

— OK, je t'attends là... Mais fais gaffe quand même.

Au rez-de-chaussée, il y avait une grande pièce où un type, genre teenager allemand, cheveux longs blonds sur tee-shirt noir, écoutait du Heavy Metal australien en roulant un joint. Je lui ai demandé si Evie et Margaret étaient là. Il m'a dit que oui mais que je n'avais pas le droit de rentrer. Je lui ai adressé mon doigt tendu en guise de politesse. L'escalier branlait et mon sang m'étouffait les neurones. J'ai poussé une porte.

— Excusez-moi... *Sorry*...

Un type pas très beau et une nana de seize ans flirtaient sec. Elle avait de gros seins, qu'elle a couverts avec un album de bande dessinée. Le type était tout habillé, et fort gêné. Rien que du glauque. La nudité honteuse. La lumière crue, presque un néon. Et des sacs de couchage partout. Les paroles de Louise Attaque recopiées au marqueur bleu sur une grande feuille blanche punaisée au mur : « J'ai accepté par erreur ton invitation, j'ai dû me gourer dans l'heure, j'ai dû me planter dans la saison... » L'horreur absolue.

J'ai traversé le couloir à toute vitesse. Mon cœur s'emballe. J'ai frappé sur le contre-plaqué de la porte. *No answer*. J'ai frappé une deuxième fois et, comme ça ne venait pas, j'ai fait pression sur la clenche, entrouvert la porte. Sur un vieux matelas, blanc jaune, rayé de brun, allongée sur le ventre, en jeans, avec une chemise blanche de garçon, c'était elle. Elle pleurait.

Je me suis approché. J'ai poussé de la main un recueil de poésie, Ferlinghetti, je crois, et je me suis assis sur le matelas. Il y avait de la musique aussi. C'était Patti Smith.

J'ai posé ma main sur son dos. Sa tête a bougé, s'est tournée. Elle a sursauté en m'apercevant.

— *No... it's not possible you're here.*

Je lui ai dit que je voulais la voir. Une dernière fois, même si elle ne voulait plus, elle. Elle a essuyé ses larmes d'un revers de la main, comme une enfant. Et puis je l'ai prise dans mes bras. Elle a cédé. Et puis s'est levée.

— Non.

Elle a parlé en français :

— Je ne dois plus te voir.

J'étais secoué.

— Mais pourquoi ?

— Ce n'est pas bien pour moi.

Elle a voulu prendre une cigarette. Elle a tendu le bras pour atteindre le paquet. Un petit pot de verre a roulé sur le sol. Dedans, il y avait des pilules. Je l'ai ramassé, l'ai examiné.

— C'est quoi ? j'ai dit.

— Va-t'en.

— Tu reprends encore ces merdes !

— *Go away, now !*

Je ne pouvais pas partir comme ça. C'était trop con.

— Attends ! Putain, on peut parler ! Qu'est-ce qui se passe ?

Elle a baissé les yeux. Elle a reboutonné sa chemise. Et puis, sans me regarder :

— Je ne veux plus te voir.

— OK.

On peut être amoureux et avoir de l'orgueil. Je n'allais pas pleurer. Fallait que je fasse mon deuil. Je suis sorti. Avant de refermer la porte, je l'ai regardée une dernière fois. Elle sanglotait, dans la même position. J'ai voulu la prendre dans mes bras, une dernière fois. Mais quelqu'un m'a tiré par le bras. C'était Arthur.

— Putain, César... Big Brother se ramène ! Il faut se casser.

Je n'en avais rien à foutre. Arthur a dévalé les marches quatre à quatre. Moi, j'ai ralenti. Les pneus d'une voiture ont crissé sur les graviers de la petite cour. C'était Big Brother qui revenait.

J'ai poussé la porte de l'infâme maison. La maison de l'amertume.

— Qu'est-ce que vous faites ici ?

Big Brother était interloqué.

— Je suis venu baiser ta protégée, connard.

— Espèce de petit con...

Il était rouge.

Je l'ai poussé violemment. J'ai continué mon chemin. Il m'a attrapé par le col. Arthur est arrivé en courant.

— Allez, c'est bon... On s'en va...

Il a mis son bras autour de mes épaules, rassurant, protecteur :

— On s'en va...

Big Brother a cru bon de lancer une ultime menace.

— Que je ne vous revoie plus ici, ou j'appelle la police.

Je me suis retourné une dernière fois. Je lui ai dédié mon doigt tendu sous la nuit étoilée de Carignan, trou du cul du monde et cimetière de mes amours incommencées.

18

Déprimisme

— Arthur, j'ai mal au cœur.
— N'y pense plus.
— Mais j'ai vraiment mal au cœur.
— Va te faire foutre.

Il sourit dans sa barbe de trois jours. Celle qu'il a tous les jours. Bonhomme, compatissant comme il ne faut pas. J'aime qu'on me foute des coups de pied au cul. Dans le train, il y a plein de gens heureux qui sourient en regardant leurs enfants immondes dormir et leurs épouses qu'ils ne baisent même plus lire *Voici* ou *Gala.*

Écoute le vent qui chante l'océan et les succès d'Angleterre. (J. Baer.)

— Arthur, j'ai une chape de plomb qui m'écrase la poitrine.

— Tu n'as qu'à lire *Voici.*

C'est moi qui ai pris la décision d'écrire. Il n'y a que les choses impossibles qui valent la peine. Ce n'est pas grave. Je n'aurai pas, dans mon salon bien épousseté, un joli canapé Roche Bobois sur lequel je pourrais religieusement faire l'amour à ma copine-femme, je l'ai déjà dit mais c'est un truc qui m'obsède alors je recommence. Je ne serai qu'un adolescent attardé qui écrit des lettres aux filles qu'il croise deux fois dans sa vie. Dehors, il y a Poitiers qui s'étire le long des vitres Securiver. Un fleuve bardé de maisons grises. J'écris une lettre dans le wagon-restaurant du TGV, devant un café qui ne fume plus. Arthur est venu me rejoindre. Il a lu par-dessus mon épaule :

— Avec ça, elle va se tirer une balle dans la tête.

— J'espère...

Je souris. *Well, well, well*... Le bonheur revient un peu, par vagues...

Nous voilà donc dans le train pour Paris. Arthur y reste deux ou trois jours. Le temps de voir Chloé. A son sujet, il ne m'a parlé que de seins et de fesses. De hanches, de poses lascives. La baiser, voilà ce qu'il voulait. Mais y avait-il pour lui une vie sexuelle après Angélique ? Il ne m'en parlait plus. Plus du tout. Par ailleurs, je n'avais eu aucune nouvelle de Gabriel. Ce qui fait que je ne savais absolument pas où en était ce vieux renard de Jean-Paul.

Je ne sais plus trop que faire. Je l'aime bien ce type. Je ne me sens plus trop l'envie de le supprimer. Je suis sûr qu'il fera un bon prof de latin-grec. Moi, qu'est-ce que j'irais faire dans un lycée ? Est-ce que j'ai vraiment envie d'un statut ?

Cette fille était importante pour moi. Réellement. J'avais l'impression que quelque chose pouvait se passer... Putain. Ces choses-là arrivent souvent, je sais, mais c'est tellement dur à avaler.

— De toute façon, tu n'allais pas la suivre aux États-Unis..., me dit Arthur, après un second café.

— Non... Enfin, je ne sais pas...

— Dis pas d'âneries...

— Elle reste encore quinze jours, c'est déjà ça d'arraché au néant...

— Tu sais, si tu veux, tu peux revenir à Bordeaux... Dans trois jours j'y suis. Je vais pas faire grand-chose, me reposer, mais si tu veux venir, t'es le bienvenu.

— Merci.

Lui écrire m'a fait du bien. Dire les choses comme elles sont, ça soulage. Je me suis rappelé avec douceur la lettre de recommandations que lui avait rédigée sa mère : « Ne va pas dans des endroits bizarres » (*odd places*), « Ne fréquente pas de gens bizarres » (*odd people*), « Ne prends pas de drogues ». Elle avait ri en me confiant que deux semaines avant, elle était tombée sur le journal intime que sa mère tenait à vingt ans. Un flot de répétitions, une variation autour de trois pôles existentiels. Une régularité hallucinante : *Get drunk. Get drugged. Get laid.* Sa mère avait été hippie. Ça la faisait rire.

Nous nous sommes quittés sur le quai.

— Je t'appelle, m'a dit Arthur.

*

Pendant qu'Arthur allait baiser, moi, j'avais des trucs à faire. D'abord, je suis allé au ministère. La visite fut courte. « Non, me répondit la préposée à l'agrégation, aucun agrégé n'a libéré sa place. » Elle ajouta, pleine d'ambiguïté : « Il vous reste encore quinze jours... » Elle a souri ; je n'ai pas compris. Avais-je une tête à tuer quelqu'un ?

Il me restait une chose urgente à faire. J'ai pris le métro jusqu'à Censier-Daubenton. Tout près de la Sorbonne nouvelle. Mon destin me suivait.

J'avais vécu là pendant deux ans. Une chambre de bonne de huit mètres carrés, sous les toits. Un lieu d'enfer que j'avais su transformer en paradis. Rien que des bons souvenirs, que je devais en partie à mon voisin d'alors, Omar le bienveillant, qui vivait toujours là.

— Tiens, César ! Mais rentre, putain ! C'est que ça fait un bail ! Qu'est-ce qui t'amène ?

Omar était officiellement étudiant en droit. En première année, depuis cinq ans. Officieusement, il gardait des rapports très étroits avec sa banlieue rouge d'origine. Des affinités commerciales, dirons-nous. Il fallait en finir vite.

Je suis reparti avec un Smith & Wesson Sigma 40 F, carcasse en composite et culasse en acier, chambré en .40 SW. Une boîte de munitions en prime. Omar m'avait fait un sacré prix, mais ma banque allait gueuler.

Oh, je n'ai pas fait grand-chose à Paris. Tout ce que je savais, c'est que je voulais la revoir, que ça ne pouvait pas se passer autrement et que non, vraiment non, je ne pouvais pas ne plus la revoir.

Les quelques personnes que j'ai croisées m'avaient lassé très vite. J'étais parti d'une terrasse de café devant les insanités pseudo-intellectuelles que déblatérait un jeune parigot à la chemise blanche immaculée qui détenait, selon lui, toutes les clefs de la vie. J'avais claqué la porte d'une soirée où j'avais failli égorger un type au crâne chauve et au costume Armani qui avouait, tout en buvant du champagne, ne pas dormir depuis trois ans à cause de la crise actuelle, des gens qui avaient froid la nuit, qui ne mangeaient pas à leur faim. J'avais mis à la porte une ancienne *inappropriate relationship* qui s'était invitée chez moi, avait respiré l'encens de mon tout petit appartement, avait bu mon thé, s'était étendue sur mon lit, avait commencé à jouer à Tu-me-veux-mais-je-ne-me-donnerai-pas, avant de me lancer à la figure que j'étais un égoïste, que je n'avais pas assez de disques, et qu'il faisait trop chaud chez moi.

Le bilan était sombre, jusqu'au moment où la sonnerie de mon vieux téléphone déchira l'air nocturne dans lequel je me vautrais, à environ deux heures du matin.

— *Hello, this is Evie...*

Ça y est. Elle avait été sensible à ma prose. Elle avait été émerveillée et bouleversée à la fois de voir ce qu'elle avait failli perdre. Elle avait pris conscience de l'ampleur du problème. J'étais le mec de sa vie. Nous allions faire l'amour pendant des années sans jamais nous en lasser et boire du thé pendant des siècles, en regardant les journées qui défileraient sans nous demander de comptes. Elle était désolée. Nous avions failli perdre l'occasion d'être heureux pendant des siècles. Non, ce n'est pas ça qu'elle me dit.

— *I call you because I have a story to tell you...*

Un homme très beau, un jeune astronome, aimait une femme jeune aussi et très belle aussi qui vivait avec lui. Un jour, il voit dans les étoiles que malgré leur bonheur partagé, eh bien, il faut que la jeune femme le quitte. Elle pleure, elle ne comprend pas, lui aussi, il pleure, il ne comprend pas mais les étoiles l'ont dit. Elle s'en va, voyage beaucoup, dans des contrées étonnamment belles, partout elle est saluée pour sa beauté et son esprit. Elle se marie dans plusieurs pays, rencontre des gens étonnants, mais chaque fois, elle repart, accomplit sa révolution. Et puis un jour, après des années et des années, elle revient chez l'homme qu'elle aimait. Lui, il le lit dans les étoiles, qu'elle va revenir, et il s'apprête à un grand bonheur. Seulement, ça ne se passe plus du tout comme avant. En fait, c'est simple : elle l'aimait mais elle ne l'aime plus. Et ça, il ne l'avait pas vu dans les étoiles.

Voilà, c'est l'histoire. Evie me dit, d'une voix tremblante, cassée par l'émotion, qu'elle ne veut pas être l'astronome de l'histoire, qu'il y a un moment pour tout, qu'il faut les saisir à bras-le-corps, ces moments où tout devient possible. Elle ajoute :

— *I want you to come back...*

Alors moi, je lui dis que, bien sûr, j'accours. Je prends le premier train. « As-tu seulement reçu cette lettre, cette longue lettre, cette longue lettre du TGV, quand le café ne fumait plus mais qu'Angoulême se pressait contre les vitres

Securiver, avec ses petites maisons trop petites et comme recroquevillées devant la vitesse du train, cette longue lettre écrite au milieu des femmes qui lisaient *Gala*, parce qu'il faut bien penser à autre chose quand votre mari ne vous baise plus... Dis-moi, tu l'as reçue, cette lettre, cette longue lettre avec le sang de mon cœur et le café de ma tasse qui ne fume plus ?

— *No*.

Non. Non non non, elle ne l'avait pas reçue, cette lettre... Pourtant, cela faisait plus de trois jours... Nom de Dieu, que font les postiers, bordel, que font les postiers ? Toutefois, certaines histoires dans la vie sont au-dessus des conspirations de postiers. Parfois, il n'y a pas besoin de lettres.

Je lui ai dit que j'allais revenir.

19

Ma sirène à moi

Jamais une gare ne m'a paru plus éclairée d'un jour radieux que celle de Bordeaux Saint-Jean, en cet après-midi d'août.

Je ne suis pas agrégé mais je suis amoureux.

Et je suis aimé aussi.

Je sens contre ma ceinture la crosse du Smith & Wesson.

Je me suis promis de trouver une solution.

On a repris notre petite vie. Et puis, on les a revues, nos Américaines.

*

C'est le lendemain soir, sur la route du cap Ferret, que les choses ont commencé à s'accélérer. Arthur roulait vite, les vitres étaient grandes ouvertes sur la nuit et la 205 distillait par tous ses pores le dernier album des Beastie Boys. Margaret a élevé la voix, par-dessus la musique. Evie se sentait mal.

Arthur a ralenti, s'est rabattu, a coupé le moteur. Evie est sortie, les jambes flottantes. Sa fine silhouette de jeune lionne s'est cassée en deux. Elle s'est affalée dans l'herbe du bas-côté et, prise de soubresauts, s'est mise à vomir tous les anxiolytiques qu'elle avait avalés quelques heures plus tôt. Au bout de cinq minutes, ça allait déjà beaucoup mieux. J'avais troqué la place du mort avec Margaret et serrais bien fort la jolie tête d'Evie contre mon torse, gonflé à coups de pompes et d'abdominaux pour ressembler à Mishima. La petite somnolait. Arthur, les yeux fixés sur la route qui défilait, ne disait mot.

Le sable crissait sous les pieds nus. Evie avait retrouvé la pêche. Ce fut la première à goûter l'eau. On n'entendait que les vagues. Pas de jeunes branleurs pour nous déranger avec un feu de camp. La lune faisait resplendir les peaux nacrées. L'eau salée me faisait du bien. J'avais besoin de respirer, de me décrasser de toute cette merde qui m'écrasait le cœur. Evie est venue me rejoindre. Je sentais ses yeux briller de plaisir. Un carcan de velours enserra alors mon petit cœur. Les larmes auraient pu venir se masser au bord de mes paupières avant de dégringoler le long de mes joues. Seulement je ne pleurais pas. J'étais trop ailleurs pour ça. Je l'ai prise dans mes bras comme si de rien n'était. Son ventre plat est venu se coller contre le mien. Ses cheveux étaient déjà mouillés par les embruns.

— Tu sais... Peut-être je t'aime..., elle a dit avec un accent touchant.

Je n'ai pas voulu entendre la suite. Il est bon de

couper le contact, parfois. De trancher, de s'arrêter là où ça fait du bien, pour ne plus penser au reste. J'ai pressé mes lèvres contre les siennes avant d'enfouir mon visage dans sa chevelure de belle Américaine. Là-bas, Arthur marchait, flanqué de la silhouette blonde de Margaret. Il n'aurait pas besoin du jeu de cartes que j'avais emporté pour lui, à tout hasard.

Nous nous sommes arrêtés. Le sable était encore tiède. Ma langue a rencontré la sienne. Une douce chaleur a irrigué d'un coup la totalité de mes artères.

— Je t'aime..., elle a dit, comme ça.

J'ai embrassé ses épaules, mordu ses côtes, ses flancs de fille qui sent le sel de la mer, erré du bout des lèvres sur son ventre avant de me poser un peu plus bas. Le maillot a glissé, l'étoffe s'est recroquevillée en crissant sur ses cuisses touchantes. Tendues, impatientes. Je repensais à ce que m'avait dit Arthur un jour : son envie de culbuter une poissonnière sur son étal de poiscaille, rien que pour avoir l'impression de faire l'amour à une sirène.

Ma sirène à moi halète. Son ventre s'élève avec une belle régularité. De temps en temps, ses doigts se crispent sur mes cheveux. Je respire son ventre. Je m'attarde. Mes mains glissent. On dit que le missionnaire est une position ringarde. Je suis d'accord. Mais quand on aime, ce n'est pas pareil. J'ai longtemps voulu m'enivrer de sa respiration, coller mes joues sur la peau de bébé de son cou. Après, elle s'est renversée sur moi. Elle n'avait pas l'habitude de faire l'amour. S'aliénait dans l'acte. Ma petite sirène américaine, je l'ai embrassée jusqu'à mourir en elle, ployée en deux au-dessus de moi. J'avais du sable dans la bouche et le goût de son corps.

Arthur a eu le chic de faire durer la conversation avec Margaret. Ensuite, il lui a proposé un bain, est revenu à l'endroit où nous avions posé nos affaires. Il était en train de tirer du sac à dos les bouteilles de veuve-clicquot chipées dans la cave du père, quand nous sommes revenus, main dans la main comme dans les anciens films en noir et blanc.

Je suis resté longtemps sur le dos, à regarder les étoiles. Dans la même position, Arthur murmurait des choses incompréhensibles. De temps en temps, il saisissait, en tâtonnant, la bouteille de champagne, et en prenait une gorgée. Il commençait à délirer. A vraiment délirer... Pour la première fois, il me parla d'Angélique :

— Tu sais, elle était si belle... Si puissante... Et touchante à la fois... Dis, tu crois que je l'ai tué, le mari ?

Je ne savais que dire. J'étais si bien. J'avais retrouvé mes facultés, un certain équilibre... Plus la moindre envie de le tuer. Il avait rempli son contrat.

— En parlant de tuer, Arthur... Tu sais que j'aurais pu le faire... Te tuer...

— Ah ouais ?

Il reprit une gorgée de champagne. Je me laissais moi-même aller à une sorte d'hébétude...

— Ouais... L'agreg, peut-être... et puis, il me semblait que tu ne vivais pas... pas assez...

— Pourquoi ?...

— J'sais pas... une impression... Tu sais, comme un corps qui s'ankylose...

Il ne m'écoutait qu'à moitié. J'étais moi-même très dispersé. Il continuait :

— Tu sais, Marion, au départ, elle voulait pas que je parte avec toi... Elle avait peur...

— De quoi... qu'il t'arrive quelque chose ?

— Non... Pas ça...

Il se tourna vers moi, me regarda, les yeux hagards.

— ... Que je cherche à changer de vie... que je la quitte, après, après avoir vu certaines choses... des choses nouvelles... Que je « fasse ma crise », comme elle dit...

— Et alors ?...

Je me suis tourné, interrogateur. Le sable était encore chaud sous la peau.

— Et alors ?... Eh bien, il me semble que ma crise, je la fais... Qu'il est trop tard maintenant pour revenir de l'autre côté... Je veux vivre *plus*...

Il a fait résonner étrangement le dernier mot. Et puis, sans prévenir, s'est levé d'un coup, et a hurlé, la voix en direction des étoiles :

— VIVRE PLUS ! ! !

Comme un dératé, il s'est mis à courir en direction de l'eau, vers les filles. Il se jette dans les vagues, d'une traite.

Je le rejoins. Les filles rient dans les vagues.

Je le rejoins. Nous nous sommes éloignés du bord. Je le sens, qu'il est ivre. Autant, ou plus que moi, je ne sais pas. Il trépigne dans l'eau. Il s'amuse à se laisser couler, en se pinçant le nez. Je sais que je pourrais prolonger sa plongée de manière infinie. Il me suffirait de maintenir sa tête sous la surface, quelques minutes. Avec l'alcool qu'il a dans les veines, tout cela passerait sans problèmes pour un accident. Je lui souris, et puis je le laisse faire la planche, bercé par les vagues. Je rejoins le bord où nagent les filles. Je m'aperçois que j'ai encore les idées claires.

De temps en temps, Evie me lance des regards brûlants. Je vacille un instant et puis une force nouvelle me submerge. Elle me regarde comme si j'étais son sauveur. Ce qui est étrange, c'est que je la regarde exactement de la même façon. Alors je m'approche d'elle. Margaret se détourne, part rejoindre Arthur qui ne semble pas vouloir d'elle, qui tergiverse. Je m'approche d'Evie ; je plonge ma main dans ses cheveux mouillés de sel. Je l'attire vers moi. Contre son ventre, je respire mieux. Mieux que jamais. Un jour, je serai un homme. Nos deux corps tombent ensemble dans l'écume qui bouillonne. Il y a le sable humide sous nous, et l'expiration des vagues vient nous recouvrir avant de refluer. Sur son corps, mon sperme fait comme une eau phosphorescente.

Quand nous sommes revenus à nous, le soleil s'était levé. Visiblement, nous avions oublié de rentrer. J'ai dû repousser un peu Evie pour regarder l'heure à ma montre. J'ai écarté ses cheveux bruns pour l'embrasser sur le lobe de l'oreille. Sept heures à peine. Je me suis levé. Deux bouteilles de champagne, vides, dormaient sur le sable. A côté d'elles reposait le corps de Margaret, entourée d'une couverture, sur le ventre. Arthur n'était pas là.

Je me suis dirigé vers la voiture, garée en haut de la dune. Il ne dormait pas, mais rêvassait, assis dans le sable.

— Ça va ?

Il s'est tourné vers moi. A souri, et puis a lancé :

— Toujours amoureux, maintenant qu'il n'y a plus d'obstacles ?

Je l'ai regardé gravement :

— Plus que jamais... Et toi... Margaret ?

Il a baissé les yeux, qu'il avait dans le vide :

— Non... Non... J'peux pas m'illusionner comme ça...

Il avait plein de mélancolie dans le regard.

— Angélique ?

Un peu amusé, il s'est tourné vers moi :

— Ouais... Faudrait que je puisse la revoir...

Il a cligné de l'œil.

— On va se baigner ?

L'eau fraîche nous a réveillés. Sur le sable, les deux filles ont émergé, et sont vite venues nous rejoindre. C'est Margaret qui a eu l'air le plus inquiet. Mais pas pour elle.

Elle s'inquiétait pour Evie. Elles allaient se faire passer un savon par Big Brother. Margaret s'en foutait ; elle partait le lendemain. Mais pour Evie, c'était plus compliqué.

— On rentre.

Je travaillais ma cervelle dans tous les sens. J'ai pensé à un truc. Je me suis adressé à Evie :

— Tu peux pas quitter le camp, carrément ?

Margaret m'a expliqué qu'il y avait eu toute une paperasserie. Qu'elle pouvait partir, elle, parce que c'était prévu depuis longtemps, mais que Big Brother serait intraitable avec Evie. Il était civilement responsable d'elle... Je l'ai longuement considérée. Elle avait le regard fier d'une pouliche en cavale. Elle m'a jeté un regard de ces yeux-là, et puis, la voix pleine de gravité, m'a lancé, comme ça :

— Enlève-moi...

20

« Rapting Evie »

Elle m'avait appelé à huit heures. Margaret était partie dans la matinée. Elle se sentait affreusement mal. Big Brother avait été plus assidu que jamais, maintenant qu'elle était seule. La veille, ça avait été un savon terrible, mais, à présent, Big Brother se faisait caressant. Ça ne lui avait pas suffi de se déclarer ; il avait été jusqu'à la coincer dans le bois, contre un arbre. Elle l'avait frappé avec son sécateur. Il avait ri, d'un rire hystérique, et puis l'avait jusque-là laissée tranquille. Elle s'était enfermée dans sa chambre. Ses affaires étaient prêtes. L'opération était prévue pour minuit. D'ici là, il ne fallait pas s'emballer.

Après le dîner, Arthur a tenu absolument à regarder un film de Max Peckas qui passait sur M6, intitulé *On se calme et on boit frais à Saint-Tropez*. Un scénario sans surprise, des gags téléphonés, un Paul Préboist s'autoparodiant et, forcément, les paires de fesses et de seins habituelles : en quelques mots, un grand moment de cinéma. Vautré dans le canapé, torse nu et caleçon à fleurs, bière à la main, il s'esclaffa longuement sur une scène d'anthologie : pour dégager les fonds nécessaires à une campagne écologique « Plage propre », une bande d'écervelés bronzés avaient demandé à leurs copines de se prêter à une opération « lavage de voiture » d'un genre inédit. Je me souviendrai longtemps de ces six shampouineuses permanentées, en string, fesses en arrière et seins en avant, caressant de l'éponge des carrosseries de R16, dans un bain de mousse des plus érotiques. L'un des plans se grava tout particulièrement dans les zones inattaquables de ma mémoire : une paire de seins hyperdéveloppés s'écrasait contre le pare-brise de la voiture de Michel Galabru, qui n'en croyait pas ses yeux. La shampouineuse s'évertuait en effet à polisher le toit de la 4L, à genoux sur le capot couvert de mousse. L'oscillation chaloupée des hanches suscita aussi mon attention d'érudit. Arthur fut d'accord avec moi : la scène méritait les annales.

A onze heures, nous nous sommes préparés. Dans la cuisine, j'ai fait deux cafés très serrés.

— Tu crois que je mets une cagoule ? m'a demandé Arthur. Un bleu de travail l'habillait de pied en cap.

J'ai ri, un peu amusé :

— Non, non... On va leur faire peur. Et puis le bleu de travail, c'est pas la peine, non plus... Mets-toi à l'aise. Y a juste un truc qui me travaille, c'est pour la plaque d'immatriculation...

— Tu sais, je me gare un peu plus loin et c'est réglé...

— Et si on doit se casser en vitesse ? S'ils appellent les flics...

— T'as raison, dit-il, perplexe dans son bleu de travail. J'ai peut-être quelque chose...

Je l'ai vu se diriger vers le garage. Il y a eu du remue-ménage, des bruits métalliques, et puis, cinq minutes après, il est revenu le visage éclairé par un sourire triomphal. Sans un mot, il m'a tendu une plaque de décalcomanies. Des chiffres, des lettres, blanches sur fond noir et puis l'inverse aussi.

— T'es un as, je lui ai dit.

Nous avons maquillé la plaque d'immatriculation. Un « 8 » au lieu du « 2 », un « 7 » au lieu du « 4 », un « P » au lieu du « R ». Nous avons gardé le reste, et aussi le « 33 » du département Gironde.

— T'es toujours d'accord pour prendre le volant ? je lui ai demandé pour être sûr.

Il a acquiescé d'un signe de tête et m'a tapé sur l'épaule.

— On va la récupérer, ton Evie...

La nuit était bien entamée. Minuit. L'heure du crime, comme on dit. On a mis dix minutes pour rejoindre Carignan. Pour la première fois, pas de musique dans la voiture. C'était sérieux. Arrivés là-bas, il a fallu prendre une décision. Rentrerait-on dans la cour ou non ? On a pris le parti de foncer.

La Clio a freiné avec un bruit épouvantable, pile devant la porte éclairée. Les pneus ont fait hurler le gravier dans un crissement atroce. J'ai ouvert la boîte à gants d'un geste brutal. La voiture venait de stopper.

— Qu'est-ce que tu fais ?

Arthur ouvrait de grands yeux étonnés. Il venait d'apercevoir le Smith & Wesson.

— Tu crois que Big Brother va me laisser l'enlever comme ça ?

— Mais attends... Il... Il est... il est chargé ?...

— Tu paries quoi ?

J'ai stoppé net l'entretien. J'ai glissé le canon du flingue sous la ceinture de mon jeans, ma chemise par-dessus, pour déguiser la crosse. L'acier froid, contre l'étoffe de mon caleçon, me faisait un barreau d'enfer. *Los cojones adelante.*

J'ai ouvert la porte et me suis précipité vers les escaliers. Big Brother tenait conférence dans la pièce du bas. Il a crié quelque chose auquel je n'ai pas voulu faire attention. Evie était prête. Elle m'a sauté dans les bras.

— On n'a pas le temps, j'ai fait. C'est là toutes tes affaires ?

Un sac à dos Champion, bourré à bloc. Je l'ai pris à bras-le-corps. Manque de pot, Big Brother était sur le palier, les bras croisés, comme un héros de *Conan le Barbare*, ou, au choix, comme un vieux barbon de comédie. C'est verbalement, dans une belle rhétorique fin XXe siècle, qu'il a engagé les hostilités :

— Tu sais que c'est privé, ici ? Tu sais que je suis responsable de tout le monde ? J'sais pas ce que c'est que ce petit manège, mais tu vas te tirer tout de suite avant que j'appelle la police...

Derrière lui, plusieurs teenagers s'étaient agglutinés, curieux, prêts à tout pour ne pas manquer une miette du spectacle. J'ai posé le sac Champion par terre. J'ai demandé à Evie de le prendre. J'en avais marre, soudain... Marre marre marre de ce connard qui se la jouait.

— Écoute, je lui ai dit, Evie ne savait peut-être pas ce qui l'attendait, en s'inscrivant à ton putain de camp de déboisement. Maintenant, elle a compris, et elle se tire. Elle en a marre de ton camp de merde, et marre aussi de ta drague lourde. Alors je l'emmène, et on s'en va. C'est aussi simple que ça.

Le blondin m'a regardé férocement, et puis il s'est tourné vers Evie :

— Tu sais, Evie, je suis responsable de toi... Tes parents ont signé des tas de trucs ; je n'ai pas le droit de te laisser partir dans la nature avec le premier venu... Tu es mineure.

Elle l'a regardé en face, et puis a baissé les yeux, exténuée. Dans un mauvais français, elle lui a dit qu'elle se sentait mal ici, que sa copine Margaret était partie et qu'elle voulait en faire autant :

— *I can't stand it anymore...*

Je restai interdit. Un peu inquiet. Evie commençait à sangloter. La crise de nerfs était proche. J'ai opté pour le calme. Temporiser. Mais Big Brother, visiblement, était à côté de la plaque :

— Allez, remonte dans ta chambre.

Et, à mon attention :

— Toi, tu te casses tout de suite ou j'appelle la police.

Dans la cour, en bas, Arthur a klaxonné. Big Brother s'est énervé :

— Non mais c'est quoi, ce bordel ?... Evie, pose tes affaires et arrête ton cinéma. Quant à toi, je vais régler ça en deux minutes...

Il a fait la connerie de commencer à presser les touches d'un portable flambant neuf... Je le lui ai arraché des mains, balancé par la fenêtre. On a entendu un bruit de tôle. Arthur a hurlé :

— Merde, le capot !... Bordel !

Excité, il s'est mis à faire rugir le moteur. Il a lancé, d'en bas :

— Bon, César, on y passe la journée ou quoi ?

Il avait raison. On n'allait pas y passer la journée. Ni la nuit, d'ailleurs. On était allés trop loin pour partir maintenant. Je l'ai déjà dit, je crois : la jeunesse a horreur des échecs. Je me suis tourné vers Evie. D'un regard, j'ai voulu m'assurer qu'elle me suivait toujours. Elle m'a regardé si tendrement, si désespérément, que j'aurais pu en rester là. Ce regard suffisait pour faire le bonheur d'une vie. Je l'aimais plus que ma propre mort...

Big Brother était descendu pour appeler les flics. J'ai pris le sac de sport et j'ai descendu les marches en trombe. Evie m'a suivi, écartant les protestations d'incompréhension de ses petits camarades immatures. Big Brother n'avait pas encore décroché le combiné que je lui collais mon Smith & Wesson contre la tempe. Il abandonna immédiatement toute velléité de révolte. Evie ne voyait rien. Elle chargeait son sac dans la bagnole. Tout en tenant Big Brother en joue, j'ai arraché le fil du téléphone. D'une voix douce :

— Maintenant tu vas regarder dans tes archives, et tu vas me donner tout ce qui concerne Evie.

Ce fut fait en trente secondes : une malheureuse fiche, plus deux ou trois papiers d'assurance, une autorisation parentale.

— Merci, j'ai dit. Si tu préviens la police, elle se suicide et comme t'es responsable d'elle, t'iras en tôle. Ciao.

C'est fou ce que ma rhétorique est persuasive. Ou le flingue, peut-être.

En sortant, j'ai avisé le portable. Le capot de la voiture l'avait empêché de s'écraser sur le gravier. J'ai replacé le flingue contre mon ventre, un peu transpirant, et j'ai ramassé l'outil de téléphonie. Je suis remonté dans la voiture. Le véhicule s'est élancé avec un bruit violent. Les gravillons ont à nouveau crissé. Arthur m'a souri.

Evie ne s'était pas effondrée, loin de là. Elle semblait respirer d'un second souffle, l'œil pétillant et la main attendrie. Elle me caressait la nuque, heureuse. J'ai vérifié que le portable fonctionnait en international et, me tournant vers Evie :

— *You have to call your parents...*

Avec le décalage horaire, tout tombait bien. L'heure n'était pas indue pour un coup de fil de ce genre. J'ai repris, de la voix la plus douce possible :

— Tu vas leur dire que tu as quitté le camp. Que tu es chez des amies françaises... OK ? Dis-leur que ce sont des amies de Margaret, que c'est elle qui te les a présentées. Oh et puis non... Attendons deux minutes.

J'avais une meilleure idée.

Nous arrivions dans Bordeaux. J'ai demandé à Arthur de garer la voiture. Il s'est écrié, presque scandalisé :

— Tu veux quand même pas qu'on aille boire un coup maintenant ?

— T'as pas soif ?

A la terrasse de l'Entr'acte, j'ai avisé deux ou trois nanas à l'air déluré.

— Excusez-moi, vous parlez anglais ?

La plus jolie des trois a ri :

— Pas mal, l'approche...

— Non non..., j'ai fait. C'est juste... un service à vous demander... Voilà, avec mon ami Arthur, ici présent...

Arthur leur lança un sourire crispé.

— ... Nous venons d'enlever cette jeune fille à une vieille marâtre qui l'exploitait... Seulement, cette jeune fille est américaine, et ses parents vont s'inquiéter s'ils apprennent que nous sommes... vous voyez... des individus de sexe mâle... et...

— Et... ?

La jolie fille avait l'air de trouver ça de plus en plus amusant, ses deux comparses paraissant moins franchement dans le trip. Evie, elle, leur souriait de toutes ses belles dents. Epanouie, calme, très bonne actrice.

— Et..., j'ai repris, toujours très concentré, ne quittant pas des yeux ma jolie voisine... j'aurais besoin que tu te fasses passer pour moi... du moins, que tu dises, dans un anglais approximatif, qu'elle est ici en sécurité, qu'Evie... car cette jeune fille, ici présente, se prénomme ainsi... qu'Evie, donc, les appellera régulièrement, que tout va bien, que la vie est belle, qu'elle ne prend pas d'ecstasy avec des inconnus qui pourraient abuser d'elle et la prendre en photo avec des dogues allemands pour les diffuser ensuite sur internet... Tu crois que tu peux nous aider ?

La jolie fille m'a regardé attentivement, a souri, et lancé un « oui » de la tête qui m'a paru magique.

Evie pressa les touches du portable. Au début, elle eut l'air embarrassée. Puis, comme la fille débrouillarde qu'elle était, elle inventa un mensonge : les activités du camp seraient suspendues à cause d'une épidémie de grippe et elle avait préféré répondre favorablement à l'invitation d'une amie de Margaret qui vivait à Bordeaux... Notre amie éphémère se prêta au jeu d'une façon magnifique, dans un américain très « bordelais », et, en dix minutes à peine, l'affaire fut réglée. Je remerciai avec force baisemains ma collaboratrice d'un soir, et l'invitai à venir boire un verre chez Arthur, avec l'accord de celui-ci, quand elle le voudrait. Les deux copines n'avaient pas ouvert la bouche depuis mon intrusion inopinée dans leur conversation. Elles restèrent sans voix pendant deux minutes encore. Ensuite, nous vidâmes les lieux, fort élégamment. Elle s'appelait Lucie.

21

Evie en moi, moi en Evie

La nuit bordelaise est tombée vers vingt et une heures. A son parfum frivole, provincial, discret, s'est mêlé celui, nettement plus relevé, de la cuisine. Pommes de terre rissolées, revenues dans l'oignon, et côtes d'agneau très saignantes pour le loup que je suis, et qui commence vraiment à avoir les crocs. Sur la nappe jaune, deux bouteilles de bordeaux se regardent en chiens de faïence. Arthur porte un tablier à fleurs rouges sur un fond lilas. Le mien s'accorde parfaitement avec la nappe : il est jaune, avec des lignes vert pomme, verticales. Les deux filles babillent. Ça fait très couple, mais on peut, parfois, déroger à son hygiène de vie. En tout cas, ça a l'air de plaire à Arthur, qui n'en finit pas de chantonner dans la cuisine. J'ai mis sur la platine un vieil album de Pulp, et, adossé au frigidaire, je me siffle une 16, paisiblement. Je n'ai pas envie de parler. Une autre faim, moins aisément *soulageable*, commence à se faire sentir. Une faim de vie. Un énorme appétit existentiel. Arthur me lance, l'œil gai :

— Paisible, cette soirée, non ?

Je pose ma bière, je le regarde retourner les côtelettes. J'acquiesce.

— Ça va avec Evie ?

— Ouais... c'est classe.

Je savais qu'il attendait que je lui pose des questions sur Chloé. Alors, je me suis exécuté.

— Et toi, avec Chloé ?

— Ouais, ça se passe bien...

La machine était lancée :

— Mais tu sais, je ne sais pas réellement si je suis très attaché à elle... Ce que j'aime, c'est les poses lascives qu'elle prend. Tu sais, elle est très charnelle...

J'ai failli pouffer de rire :

— Bien en chair, tu veux dire ?

— T'es con... Bon, c'est presque prêt.

Les côtelettes frémissaient sous leur habit de romarin.

— Elle me tient quand même un peu. Je n'arrive pas trop à me l'expliquer... mais... elle me tient. Je pense à elle souvent, et puis, au lit...

C'est comme si ce gars-là découvrait l'amour. C'est bizarre... Six ans avec une nana... Non, c'était l'attrait du nouveau, uniquement. Je me suis fait perfide :

— Mieux qu'Angélique ?

Il s'est tu. Il a retourné ses côtelettes une seconde fois, remué les oignons qui rissolaient avec sa spatule en bois. Et puis :

— Non. C'est pas mieux qu'avec Angélique... C'est pas mieux...

— Mais, Arthur, tu sais qu'Angélique passera

six mois à Paris, cette année. Tu pourrais essayer de la revoir...

Nouveau silence.

— Ouais, mais c'est le déséquilibre assuré, et ça me fait peur. Je ne sais pas si je suis prêt pour ça.

J'ai avalé une gorgée de bière (pas la première) :

— Arthur, fais gaffe... *Memento mori*...

N'oublie pas que tu vas mourir... Chloé est arrivée hier de Paris. Elle avait des choses à se faire pardonner. Quand Arthur m'a annoncé ça, je n'ai rien dit. Tout ce que cette fille m'inspire, c'est le néant. Elle ne représente rien pour moi. Ce qui m'emmerde, c'est qu'Arthur semble replonger. Une sorte d'hébétude sans intérêt, une certaine peur aussi. La dictature de la faiblesse. Avec ça, Chloé est autoritaire, le mène à la baguette. « J'ai couru un an après lui, m'avait-elle confié un jour, alors je le veux, ce type... Je ne vais pas le laisser partir comme ça. »

Je regardais Chloé en découpant ma viande. Pas de haine, seulement une infinie pitié. A côté d'elle, Evie était la grâce personnifiée. Exquise, intelligente, des remarques fines, quand Chloé n'était que *ratio*, calcul, prévisions. *Je me suis battue pendant un an pour avoir ce type*... Et ça donnerait quoi ? Un Arthur encagé, pour la deuxième fois, le bec dans la mangeoire, picorant jusqu'à la fin des temps ce qu'elle lui servirait, la fécondant quand ses ovaires réclameraient ses spermatozoïdes de mâle domestiqué ?

Arthur avait progressé, mais il était encore vulnérable. Je testai :

— Arthur, tu as raconté Cuba à Chloé... Les nuits magiques de La Havane ?

Il avait paru gêné. Gêné de parler d'Angélique, de l'amante hors pair qu'il avait eue là-bas. Il m'avait resservi du vin. En avait parlé avec abondance, romanesque, prenant garde d'éluder ce qui s'était passé après le dîner de Miramar.

— Et les Cubaines, César ?

C'est Chloé qui avait posé la question. Ce n'est pas Arthur qu'elle interrogeait du regard, avec un petit sourire en coin, mais moi. Elle s'en foutait bien de blesser Evie. Mais celle-ci n'était pas une oie blanche, et puis je lui en avais parlé. Je ne me suis pas démonté. Sous la table, j'ai posé ma main gauche sur la cuisse d'Evie.

— Elles sont très belles, de la blonde à la Black, avec tous les dégradés possibles. Mais le top, ce sont les Françaises, et surtout les femmes de diplomate...

Chloé a blêmi. Arthur m'a regardé sauvagement. J'ai continué.

— On a rencontré la femme du numéro deux français, là-bas. Une femme splendide, une femme de goût...

Chloé avait fini par revendiquer le statut de maîtresse, à titre provisoire... A condition d'être la seule. Et encore... Elle tissait sa toile de garce, avançait ses pions à coups de sourires coulants, d'attentions puériles, et de caresses même pas osées.

Après le repas, j'ai pris Arthur à part. J'étais un peu ivre et je me suis emporté.

— Arthur... Fais un choix maintenant... Après, tu le regretteras... Ne la laisse pas te bouffer, bordel... C'est la deuxième fois.

— Tu m'emmerdes, César. Laisse-moi vivre. Fous-moi la paix.

— Vivre ? C'est « laisse-moi être lâche », plutôt... Tu vois pas qu'elle fait du forcing pour t'avoir ? pour que tu plantes Marion ? Et tu vas quitter Marion pour te remettre à la colle ? Pense à la vie, bordel. Elle a juste l'attrait du nouveau... Tu l'aimes pas ! Ça pourrait être n'importe qui... Pense à la vie, à Angélique...

Nous avons fini la soirée dans l'eau. A quatre, avec du Gin-Kas à portée du gosier.

Evie était la plus belle.

— Arthur, excuse-moi pour tout à l'heure... Ça me regarde pas.

— T'inquiète pas.

J'étais heureux. Evie m'avait dit qu'elle essaierait de venir à Paris en octobre. A la Sorbonne. On allait exploser la baraque. Elle était faite sur mesure pour moi. Nous allions écrire tous les deux. Ensemble, avoir une vie de rêve. Son père avait de l'argent, elle serait à l'abri du besoin. Mais moi, il m'en fallait. Putain, cette agreg que j'avais plantée. Recommencer à travailler une année encore... non... Je voulais dynamiter notre existence à tous les deux. Voyager loin. Retourner à Maduraï, retrouver ce brahmane qui m'avait marié, et lui demander, devant la statue dorée de

Shiva et Parvati emboîtés l'un dans l'autre, de me divorcer. Et puis de m'unir ensuite à Evie.

Très tard, Arthur et Chloé sont rentrés.

Avec Evie, nous avons parlé de Kerouac et de la Beat Generation pendant des heures. J'étais étendu sur le bord de la piscine, une main caressant l'eau. Elle, debout, inspirée. Elle m'a récité, en se déshabillant lentement devant moi, un poème d'Allen Ginsberg (cliché). La nuit était belle (cliché). Une lune en croissant, un cimeterre déchirant une robe de moire (cliché symboliste)... Et des étoiles partout comme si, sous ce tissu noir percé de mille trous, se cachait une plaque d'argent aux dimensions infinies. Dans cette nuit, le corps d'Evie, c'était à la fois une eau-forte de Beardsley et Brooke Shields dans *Le Lagon bleu*. Une vestale sans virginité, un marbre de Canova qui ne serait pas froid, une Salomé qui ne réclamerait pas ma tête mais mon désir, jusqu'à la lie.

Je vais vers elle. Je pourrais écrire : je l'embrasse, la cale contre le mur du barbecue, descends ma bouche entre ses cuisses, remonte, entre mon sexe dans le sien et nous faisons l'amour, sans courtoisie, sans bourgeoisie, avec tact et violence. Mais j'ai envie d'écrire autre chose, comme ça s'est vraiment passé dans ma tête :

« C'est curieux, ce que je ressens. Une forte pression, mes muscles détendus comme jamais ils ne l'ont été et pourtant en éveil, chaque fibrille prête à recevoir comme une céleste extrême-onction. Je suis assoiffé d'elle, mais patiemment, je pourrais la boire goutte à goutte, enchâssé à elle jusqu'à la mort. Le temps, d'ores et déjà, n'a plus d'importance. Je suis ivre de ses cheveux bruns dans lesquels je me noie et me consume. Mes mains passent et repassent sur son dos, et puis je saisis sa nuque et son cou. Tout est si lent, chaque pore de ma paume est un abîme aspirant la matière et en recueillant la chaleur souterraine. Sa jolie poitrine de princesse dérobée s'offre avec respect. Et puis son dos. Tout bascule et se livre avec une respiration puissante mais contrôlée, pleine. C'est dire comme tout est lent dans cette ondulation ivoirine et orée, on dirait que tu vas chercher loin tes amplitudes que tu ramènes ensuite tout ton corps et puis c'est cyclique tu me broies me refoules. Ton sexe, à l'entrée de ton ventre : du rouge vif au nacré. Car tu geins gémis petite masque au cœur qui palpite qui s'en va battre et s'affoler à cause de ce rythme caressant pernicieux élimant toute résistance. Même les dieux assistent à ces noces sanglantes. Je baise et rebaise ton dos de vespérale Vénus désespérée de ne pas voir encore où mènera cette ultime caresse. Maintenant mes reins et les tiens à jamais en phase. L'aphasie est nécessaire puisque tout va à vau-l'eau ma chère tout prend son envol tout est percé de mille points de feu liquide. L'esprit planait sur les eaux tu la connais cette ode ? La lenteur faire son éloge maintenant ma divine. Tu te fermes et tu t'ouvres ma petite anémone. Tes yeux se ferment couchés sur la terre accueillante et chaude elle aussi de notre chaleur. Patiemment, sois patiente ma patiente. Tu pleures on dirait pourquoi donc pleurerait-on ? Recueillement. Considère que ceci, dans quelques secondes qu'il reste à célébrer, va avoir une fin. Prends-en la mesure. Déjà je pleure cette fin que pourtant je projette. J'élève j'enlève ton corps aux lois, de mes mains d'initié. Tout s'éclaire s'irradie s'illumine. On est dans le réel pourtant jusqu'au cou. J'ai mal de t'aimer ainsi. Tout est calme soudain. Ce silence avant la catastrophe. Je t'aime plus que ma propre mort. Hallali. J'exulte, j'exalte, j'expie j'exprime j'exécute, j'extase. Je meurs ma très chère en ton sein... C'est la fin. L'extrême-onction dans tes fonts baptismaux.

Le corps d'Evie est une eau lustrale. Je vomis tous les autres corps. Tous, sans exception.

Ma tête repose sur son sein. Elle me caresse les cheveux.

Tout compte fait, je ne demanderai pas à ce brahmane de Maduraï de me divorcer. J'arriverai dans le temple et j'y mettrai le feu. Quant à ce fou enturbanné, je lui trancherai la gorge au milieu des flammes. C'est ainsi que je brûlerai mon passé. Je me maquillerai avec son sang poisseux. Je déroberai la statue où Shiva enlace Parvati. Mais ce ne sera pas pour la vendre, comme un vulgaire Malraux. Ma *Voie royale* à moi, c'est le couloir qui, dans le ventre d'Evie, nous mène tous deux à la petite mort. C'est devant les yeux de la statue, sous le regard de Shiva et Parvati enlacés, que nous la parcourrons, dans notre demeure du septième ciel.

22

Toast funèbre

Je n'ai jamais compris pourquoi elle s'est approchée. Mais elle s'est approchée, complètement nue. Pourquoi, Chloé, as-tu ressenti le besoin de quitter la tiédeur du lit ? Je n'avais rien prévu, pourtant.

Au départ, je n'ai reconnu que la silhouette. Une silhouette qui s'est accroupie sur le bord de la piscine pour en tâter la température.

Et puis Evie a entendu. Nous faisions l'amour, et commencions à le faire très bien ensemble. Elle a paniqué. Etreinte brutalement stoppée, comme après le clap d'un directeur de plateau. Elle m'a repoussé, s'est couverte d'une serviette de bain qui traînait là, près de la surface inerte de la piscine. Elle m'a murmuré à l'oreille, alarmée.

— *What's happening ? Someone is coming... César...*

— *Don't worry.*

Je me suis levé. Nu. Il n'y avait pas d'autre serviette à côté.

— *Evie... go to the little room, just near the pool.*

Je voulais parler d'un petit recoin grillagé, une sorte de tonnelle sous laquelle nous faisions habituellement sécher nos maillots de bain. Mes gestes se sont faits plus explicites que mon américain bredouillant.

En passant devant la cellule photo-électrique, Chloé a déclenché l'éclairage. Une lumière bleutée a commencé à éclipser celle des étoiles, faisant de la piscine un gigantesque aquarium, plein de reflets mais sans poissons. Pour le moment.

Et je me suis retrouvé nu face à elle, désemparé en apparence. Mais la nudité chez moi est une seconde peau et me donne souvent un paquet d'idées.

Je n'aime pas qu'on me dérange lorsque je fais l'amour, et cette salope, de toute façon, mérite une sanction. Le moment est venu.

— César ?..., elle a murmuré, un peu paniquée.

— Je suis nu... Ça te dérange pas ?

Elle était aussi nue que moi. Ses gros seins blancs se coloraient de bleu. Toujours à cause de la piscine. Je distinguais mal son visage.

Elle cherchait quelque chose pour se cacher. Sa pudeur reprenait le dessus. Moi, je m'en foutais. Je lui ai lancé une serviette-éponge qui séchait sur un étendoir. Evie était à dix pas, sous la tonnelle, tapie dans l'ombre.

Chloé nous croyait seuls.

— Qu'est-ce que tu fais là ?

J'ai souri.

— Et toi ? Tu prends le frais ?

Elle a baissé la tête.

— Je ne me sentais pas bien... C'est... tu sais, mes angoisses...

— Des angoisses qui te font te balader à poil à environ trois heures du matin... Arthur dort ?

— Oui... Je sors juste du lit... Et toi, tu faisais quoi ?

— Je prenais un bain... J'adore les bains de minuit à trois heures du matin. Toi et les étoiles, enfin seuls. Tu devrais essayer, c'est génial...

— Tu prenais un bain... Mais je n'ai entendu aucun bruit...

— Le secret de la nage indienne... pour que les ennemis ne t'entendent pas approcher... C'est plus facile de les surprendre.

— Mais tu n'es pas mouillé !... Ecoute, César... Tu es vraiment seul ?

A mi-voix, m'approchant de son oreille, pour qu'elle soit la seule à m'entendre :

— Absolument seul.

Une larme a coulé le long de sa joue.

— Bon, qu'est-ce qui se passe ?

Elle a pleuré pour de bon. Des sanglots entrecoupés. Je peux supporter tout sauf les pleurs d'une femme.

— Je ne me sens pas bien, César...

Je me suis souvenu d'une conversation que nous avions eue en cours d'année. A une période particulièrement difficile. Elle m'avait confié qu'elle suivait une psychothérapie. Qu'elle ingérait une sacrée dose de neuroleptiques.

— Tu prends toujours des médocs ?

— Non, j'ai arrêté... C'est peut-être ça... mais... je préfère essayer de me faire aimer.

— Arthur t'aime...

— Arrête... Tu connais la situation... Il y a toujours Marion... Il ne l'a toujours pas officiellement quittée... Et puis Arthur, c'est un gamin. On dirait qu'il vient juste de découvrir la liberté... Je ne sais plus trop où j'en suis...

Elle s'est approchée de moi. A collé ses seins contre mon torse. Sa peau fraîche, la pointe de ses seins m'ont déclenché une légère érection.

— Prends-moi dans tes bras, César...

Elle a commis alors une erreur fatale. Sa dernière. Elle m'a embrassé dans le cou, a tenté de prendre ma bouche. Sa main droite a tâtonné le long de mes cuisses avant de se poser sur mon sexe.

— Tu fais quoi, là ? j'ai dit.

Il y a eu un silence et puis elle m'a soufflé à l'oreille :

— J'ai envie de toi...

Evie était à cinq mètres, cachée par l'ombre de la tonnelle.

— Fais-moi l'amour...

J'ai fait durer le jeu. La tester avant le dénouement. Je voulais être sûr. Bien la cerner.

— On fait quoi pour Arthur ?

— Il n'en saura rien...

— T'es pas amoureuse ?

— Si, mais... j'ai envie d'autres choses. Je te veux toi, maintenant.

Elle semblait secouée par une hystérie naissante. L'hystérie, maladie de l'utérus, folie des ovaires... Elle s'est mise à ricaner, comme ivre...

— Qu'est-ce que t'as ?

— Rien. Je te veux c'est tout.

Elle a ricané de plus belle. Sa voix est devenue rauque. Sa main plus pressante. Elle commençait à aller et venir le long de ma verge congestionnée.

— Baise-moi...

Elle a fait glisser sa serviette. S'est mise à genoux, les mains sur mes reins. Très directe.

C'est là qu'Evie est sortie de son repaire. Silencieuse. Louve made in USA. Evie brune, Evie belle. Je me suis écarté, ramassant la serviette de bain que Chloé avait lâchée. Je me suis reculé de cinquante centimètres.

La pâleur, accrue par la lumière bleutée de la piscine, est apparue sur le visage de Chloé.

— Evie ?...

Je me sentais prêt à tout. Je n'avais aucun respect pour cette fille. J'ai lancé d'une voix neutre, presque un murmure :

— Je croyais qu'on était seuls... Excuse-moi.

— Evie, laisse-moi t'expliquer... C'est un malentendu.

L'avantage des jeunes filles de dix-sept ans sur leurs aînées de vingt-trois ans est le suivant : non seulement elles sont plus passionnantes, mais elles sont en outre bien plus passionnées.

Evie la gifla. Une gifle retentissante. L'autre ne put que se caresser la joue, au comble de la surprise.

— *You... Bitch... You're a whore...*, a lancé l'amazone yankee.

Elle ne s'énervait pas. Impériale, elle la fixait d'un regard noir. L'autre faisait piètre figure.

Il y a une chose que je crois... Un adage qui dit

que le ridicule ne tue pas... Je prétends que dans le cas d'une fille, cet adage est complètement inique. Une fille ridicule, même un moment, se condamne sans appel. La femme est la beauté. Mon désir l'élève au-dessus du trop humain, au-dessus de ses faiblesses. A ce moment précis, Chloé était d'un ridicule horrible, laid. Fâcheux, même, étant donné les circonstances. Humiliée dans sa chair. Sa chair, son orgueil de femme. Ses hanches trop larges encadraient un pubis trop fourni ; ses seins, certes, auraient pu jouer en sa faveur : larges, épanouis, aux aréoles prononcées ; mais la peau était trop blanche et paraissait grasse sous cet éclairage semi-lunaire, cette lumière d'aquarium, qui n'arrangeait rien. Son visage grimaçait. Ce ridicule allait la perdre, incontestablement.

Evie l'a empoignée, mains serrées autour du cou. Imperturbable. Souveraine tueuse.

Je regardais, très bon public. Un spectacle de premier ordre que cette amazone, chevelure dénouée sur un dos nu et bronzé, hanches ceintes de cette serviette qui se donnait l'air d'un pagne, étranglant sans sourciller une autre femme, blanche sous la lune de juillet. La sveltesse broyant l'opulence, le nerf vainqueur de la chair.

Chloé suffoquait. Evie s'arrêta. Loyale, capable de grâce.

— *Maybe I'm naive... but for me you're a bitch... a* putain...

Elle a dit ça d'une voix à la limite de la rupture, avec un accent magnifique, plein du dédain que la pureté jette à l'indécence. Et puis elle a tourné les talons. Diane chasseresse regagnant sa demeure ombrée.

— Je suis désolé, ai-je lancé à Chloé, prostrée sous la lune. Ça lui passera.

Elle sanglotait.

— Je me sens nulle..., a-t-elle murmuré.

Moi, je me sentais grand prince. J'avais envie de la flatter.

La lune couplée à la lumière bleuâtre jetait toujours un éclairage tragique, ambigu, sur la scène. Je m'exaltais. Nerveusement prêt.

— Tout va bien, Chloé... T'es agrégée.

Elle s'est tournée vers moi, a souri quand elle a vu que moi je lui souriais...

Elle a cru que je plaisantais, que je lançais, disons, un *trait d'humour*.

— Qu'est-ce que ça a à voir ?

— Oh, rien du tout.

— Tu ne m'en veux pas, alors ?...

— Mais non.

Et je me suis approché d'elle. Je lui ai caressé les cheveux, en la fixant d'un regard que je voulais tendre.

Et puis tout est allé très vite. Je l'ai empoignée par les cheveux. Guidée violemment vers l'eau bleutée.

Elle a failli crier. Mon coude passé en travers de sa gorge a coupé net le son qui allait s'échapper.

— Ne t'inquiète pas, ai-je murmuré, tout va très bien se passer.

Cette salope résistait. Voulait mordre. A échappé à mon étreinte. Elle s'est remise sur ses jambes et a tenté de courir. Je me sentais physiquement bien... atrocement bien...

D'un bond je l'ai plaquée. Elle est tombée à la flotte... Un joli plat. Je n'avais pas lâché mon emprise, mais la peau mouillée rendait les choses plus difficiles, plus glissantes, disons. Elle m'a échappé. Paniquée, elle a essayé de nager en direction du petit bassin. Je me suis coulé dans l'eau comme un crocodile. Lent, sûr, et fluide. Sous l'eau je lui ai attrapé les pieds. Je l'ai tirée d'un coup sec. Dans la lumière crue de la piscine, je voyais ses yeux révulsés et sa grande bouche de suceuse qui prenait l'eau.

Avec le petit bassin, ce qui est chouette, c'est qu'on a pied. J'ai coincé sa tête contre l'échelle métallique, entre mes jambes. Les secondes duraient des heures. La garce se débattait. Je craignais que le bruit ne réveille Arthur. « Crève plus vite... », j'ai murmuré dans ma tête.

Quelques bulles d'air, dernières velléités adressées au néant, et puis c'est tout. Une agrégée de lettres modernes avait clamsé. Je n'ai pas eu l'impression que ça laissait un grand vide dans l'univers. Je n'avais pas été foudroyé sur place, et la lune brillait toujours dans la nuit piquée d'étoiles.

Je suis sorti à la force des bras, sans utiliser l'échelle à côté de laquelle flottait à présent le corps nu, enfin chaste, de Chloé.

Je me suis séché avec une serviette de bain, lentement, et puis j'ai shooté, du plat du pied, dans un ballon en plastique coloré, avec les photos des joueurs de l'équipe de France de football. Zidane,

Barthez et Djorkaeff allèrent flotter près de la défunte agrégée. Ils avaient l'air de s'en foutre.

Quant à moi, il me restait quelques petites choses à régler.

En poussant la porte de la maison, j'ai entendu Evie sangloter. J'allais la rejoindre dans quelques instants. En un sens, ça m'a plutôt soulagé qu'elle pleure. Toute à ses larmes, elle n'aura pas fait attention à ce qui se passait dehors.

En revanche, du côté d'Arthur, ça m'inquiétait beaucoup. Pour ce que j'avais à faire, il fallait qu'il ait le sommeil lourd.

J'ai poussé la porte avec précaution. Pour garder une aisance maximale, j'étais resté nu. Il dormait, le visage tourné contre le mur, d'un sommeil dont je ne connaissais pas le degré de profondeur. On ne voyait rien dans la pièce et j'ai dû relever le store pour permettre à un rayon de lune de s'y faufiler. Demain, je sacrifierai cent bœufs à Hécate, divinité lunaire, pour la remercier. Ce qu'on appelle une hécatombe.

Dans une petite salle de bains attenante, j'ai trouvé les affaires de Chloé. Beaucoup de lingerie. Petites culottes aguicheuses, de la dentelle à profusion. J'ai considéré avec un respect infini les profonds bonnets des soutiens-gorge, leurs respectables armatures. Chloé avait de gros seins, mais leur emballage de tissu semblait pouvoir contenir davantage. Ces beaux fruits de chair ne séviraient plus. J'ai gardé un soutif en souvenir, le plus beau certainement, en dentelle noire, très ouvragé, très salope. Pour ne pas le perdre, je l'ai noué autour de mon cou, après l'avoir essayé. J'ai regardé l'effet obtenu dans une glace. J'étais beau, en femme, les cheveux mouillés.

De la lingerie, encore de la lingerie... Un porte-jarretelles... J'ai compris l'attachement soudain d'Arthur pour cette fille ordinaire. « Tout le charme du bordel à domicile. Chloé : lingerie érotique pour agrégés. » Une bonne *base line*, incontestablement. J'aurais dû faire de la pub.

Enfin, au fond du sac, j'ai trouvé ce que je cherchais. Une trousse de toilette avec ses initiales en doré. Chacun ses manies. J'ai trouvé le couinement de la fermeture Éclair délicieux. Tout était là, un véritable arsenal de neurasthéniques : Lexomil, Témesta, Prozac, Tranxen ; anxiolytiques, antidépresseurs tricycliques, hypnotiques ; des bêtabloquants aussi : Avlocardyl et Ténormine en gélules. La Cardioquine était un anti-arythmique incompatible avec les bêtabloquants, disait la notice. Moi, je n'y connaissais rien : quand j'allais mal, et même quand j'allais bien, je me soignais à l'absinthe. Mais j'avais là de quoi faire un bon cocktail de fin de soirée. J'ai pioché dans chacune des catégories. Et puis je me suis lavé les mains attentivement, en bon praticien.

L'eau de la piscine était calme maintenant. Zidane et Barthez avaient pris du champ ; ils flottaient dans le grand bassin. Normal pour des champions.

Le corps de Chloé, lui, n'avait que peu bougé. Il planait en forme d'étoile de mer à la limite du grand et du petit bassin. La médiocrité, en somme : Chloé n'avait jamais été une grande pointure intellectuelle.

A la lumière de la piscine, j'ai bien étudié la posologie des médicaments. Il fallait faire vite. Cela faisait dix minutes que je l'avais envoyée dans l'Hadès, rejoindre les défunts agrégés de lettres de tous les temps. Il fallait faire vite. Je ne voulais pas qu'Evie, ne me voyant pas revenir, rapplique sur les lieux du show.

J'ai tiré le corps par les cheveux pour l'approcher du bord. J'ai calé la tête contre l'un des degrés de la petite échelle, et puis j'ai tenté de lui ouvrir la bouche. En pinçant le nez, je savais que ça ne marcherait pas. J'ai appuyé sur le menton. Avec de l'eau de la piscine, je lui ai fait passer les comprimés dans l'œsophage. D'abord délicatement, puis à grande eau, en me servant de ma main comme d'une coupe. Ça ne passait pas des masses : l'œsophage devait s'être rétracté. J'ai dû utiliser les solutions liquides.

Il a fallu revenir dans la chambre d'Arthur. J'avais les dieux avec moi. Peut-être voulaient-ils qu'on supprime l'engeance des agrégés de la surface de la terre. J'ai tout remis en place, en essuyant la trousse de toilettes à l'aide d'une petite culotte de dentelle rouge.

J'ai baissé le store. L'obscurité complète est revenue. Je percevais le souffle régulier d'Arthur. Il ne devait pas l'aimer beaucoup. Entre les vrais amants, la télépathie est un fait avéré. Or, à aucun moment son sommeil à lui ne s'était interrompu. Une belle régularité, la même dont il avait fait preuve, toute l'année, pour préparer le concours. Les œillères, toujours...

Tout me semblait OK. J'avais une crainte

encore... Les anxiolytiques ne diffuseraient pas dans le sang puisque son organisme était mort... Des traces dans l'estomac, certes, mais pas dans le sang. Il fallait maintenant dresser un tout petit plan de rien du tout sur la comète. Il fallait qu'il n'y ait pas d'autopsie.

J'ai rajouté une dernière touche. Chloé avait bu pas mal de Gin dans la soirée. Elle allait trinquer avec moi, *post mortem*. Je suis donc allé faire un dernier tour du côté de la piscine. J'ai évité la cellule photo-électrique. Le noir c'était mieux. Moi, Chloé et la lune, c'est tout. Je lui ai vidé le contenu de la bouteille dans le gosier, en prenant garde à ne pas en renverser. La salope avait encore de la descente. J'en ai pris une lampée, puis je l'ai laissée barboter. Elle avait jusqu'à l'aube pour jouer à l'étoile de mer. Charmante Chloé...

Evie s'était endormie. Trop d'émotions pour cette enfant, cette apprentie-femme de dix-sept ans. Je me suis glissé tout contre ce corps tout chaud. Je me sentais bizarrement détendu. J'étais fier de moi et fier d'elle, aussi. Et puis fier d'être avec elle, par une nuit de juillet, dans la tiédeur d'un drap partagé.

Elle dormait sur le côté. Sans se retourner, dans un français plein d'accent, elle m'a demandé où était la *whore*.

— Elle barbote, j'ai répondu.

— *What does it mean*, barbote ?

— *It means... to swim, like a sea star...*

Elle a ajouté, hésitante :

— *She is a bitch, isn't she ?*

— *She was.*

Elle n'a pas compris. Elle m'a dit de faire gaffe à mes conjugaisons. J'ai souri et j'ai collé mon torse contre son ventre. Et puis, pour vérifier qu'elle, elle était bien vivante, je suis entré en elle. Elle a gémi. Le reste est sismique, tellurique, dramatique. J'aimais cette fille comme j'avais aimé l'autre. Je l'aimerai davantage encore. Je le savais.

23

Le bain du matin

— PUTAIN ! PUTAIN ! PUTAIN ! il a crié.

C'était le matin. Pas plus de neuf heures et demie. Je ne voulais pas infliger ça à Evie, alors je me suis levé du lit assez vite, en prenant garde de ne pas la réveiller. Sa jolie tête a les yeux clos, son corps est chaud comme une brioche, ses membres paraissent lourds de sommeil. Un fil d'or échappé du soleil filtrait entre les persiennes. Moi, je ne dormais pas depuis un paquet d'heures. Pourtant, ce n'était pas le remords qui m'avait tenu hors du sommeil. J'attendais le signal, c'est tout. Qu'Arthur découvre le corps et puis qu'il pète les plombs. Un cri a fusé. Le moment était venu : je pouvais entrer dans la partie.

J'ai passé en vitesse un pantalon et puis je me suis retrouvé sur la terrasse, avec Arthur qui accourait vers moi, en caleçon de bain, tout le corps mouillé. Visiblement, il venait de sortir de l'eau. Il a fondu sur moi, catastrophé, les tempes en sueur et le regard halluciné. Et puis il a lancé la machine, sans le savoir :

— César, il s'est passé un truc...

Je ne savais pas quel visage prendre. Il y avait un beau soleil dans le ciel ; pour le reste, je n'étais sûr de rien. Je ne savais rien, on était bien d'accord. J'ai pris l'air le plus interrogateur possible ; je l'ai laissé parler...

— Chloé..., a-t-il ajouté.

— Quoi, Chloé ?...

C'est tout ce que j'ai pu articuler. Et puis je me suis lancé, en pensant qu'il fallait abréger ce genre de moments qui ne servaient à rien.

— Quoi, Chloé ?...

— Putain, qu'est-ce qu'on va faire ?

L'explication ne venait pas. Je l'ai secoué.

— Qu'est-ce qu'on va faire de quoi ? Putain, explique-toi ! j'ai dit.

Il a plongé les yeux vers le sol carrelé, de cette sorte de tommettes patinées, brunes et mates, qui commençaient à vaincre la fraîcheur de la nuit en absorbant la chaleur matinale.

*

Nous nous sommes dirigés tous deux vers la piscine. L'eau était calme et bleu ciel. Au centre, flottait le corps de Chloé. J'ai remarqué qu'elle avait changé de position : au lieu de la figure « étoile de mer » dans laquelle je l'avais laissée en cours de nuit, c'était maintenant dans une pose plus classique de banale noyée qu'elle se présentait, les fesses un peu remontées par rapport au reste du corps, la tête disparaissant sous l'eau, et les bras contre le buste, presque parallèles. J'ai noté qu'Arthur n'avait pas pensé à ôter du bassin le petit ballon aux couleurs de l'équipe de France de football qui tournait sur lui-même au gré de l'eau, tout près de la tête de Chloé. Je me suis empressé d'enlever ce petit détail inconvenant.

— Tu l'as trouvée quand ? je lui ai demandé, parce qu'il me fallait bien dire quelque chose.

— Y a deux minutes...

— Ah oui, c'est vrai, tu as crié...

Ma question était proprement stupide. J'ai repris :

— Mais, t'as dormi avec elle ou pas ?

Il s'est pris la tête dans les mains, et puis, me regardant avec un air abasourdi :

— Mais j'en sais rien... On est rentrés tous les deux avant vous et puis j'ai dormi tout de suite. J'étais ivre... Tu sais bien... Putain, qu'est-ce qu'on va faire ?...

Au fond, j'ai bien vu que c'est ça qui lui importait. Je suis rentré un instant, et suis revenu avec deux petits verres de liqueur de poire. C'était un peu dur, mais il fallait bien ça. Il a avalé le sien sans un mot.

— Ressers-moi, a-t-il ajouté.

J'ai fini par apporter la bouteille.

Nous nous sommes approchés du corps. Arthur m'a raconté que lorsqu'il était arrivé, il croyait qu'elle faisait la planche, enfin, une planche sur le ventre, qu'elle s'entraînait à garder son souffle. Ce qui l'avait étonné, c'était qu'elle soit nue. Chloé aimait les bains de minuit, elle pouvait avoir des moments d'indécence, quand elle était excitée par l'alcool, par exemple, mais elle était assez pudique en général. Il était neuf heures du matin.

Il avait cru à une invite ; il avait plongé et pris dans ses bras toute cette chair potelée. Devant le visage décoloré par le chlore, les yeux ouverts et révulsés, hagards, et ce corps inerte, il avait pris peur et hurlé, quitté l'eau immédiatement, et couru vers la maison. Et là j'étais sorti.

J'ai orienté le débat, sans perdre plus de temps qu'il n'en fallait.

— Tu crois qu'elle s'est suicidée ?

Il a eu l'air embarrassé et puis m'a regardé fixement :

— Pourquoi ? Pourquoi tu dis ça ?

Je l'ai regardé du mieux que j'ai pu, le sourcil en accent circonflexe :

— J'ai raison ?

— J'en sais rien... Elle m'avait dit qu'il fallait qu'on parle, qu'elle viendrait à Bordeaux pour ça... qu'elle avait des choses à me dire et qu'il fallait oublier les deux jours à Paris, que c'était du passé ça, que maintenant, les choses allaient changer, qu'elle m'aimait... Oooh... putain... qu'est-ce qu'on va faire ?... Non, j'te jure, elle allait bien...

La direction qu'il prenait était mauvaise. Il fallait rectifier le tir. Je l'ai pris par l'épaule. Je lui ai dit, droit dans les yeux :

— Écoute Arthur, si elle s'est suicidée, c'est qu'elle n'allait pas bien... Tu sais, on l'a connue souvent déprimée, à la Sorbonne...

— Ouais, a-t-il répondu, mais c'était l'agreg... Depuis qu'elle l'a, ça va mieux, j'te jure... Elle avait même arrêté de prendre ses trucs...

Cette dernière information détournait l'eau de mon moulin. Arthur était ailleurs. Il parlait comme un automate, comme en rêve, lorsque certaines paroles nous échappent et n'ont un sens que pour nous.

— Mais tu m'as dit qu'à Paris, ça s'était pas très bien passé...

— Non... Enfin si, mais c'était pour des conneries. C'était physique... Tu sais, j'étais pas vraiment en confiance... Parfois, on a peur, et puis... J'sais pas, je me sentais pas bien... Elle a pris ça pour elle...

Il parlait avec une sorte d'exaltation, comme s'il me confiait des trucs grâce auxquels j'aurais pu l'apaiser, comme s'il demandait conseil, comme si tout serait réglé très vite.

— Elle a pris ça pour elle, elle a dit que je la désirais pas assez... Que je n'avais toujours pas vraiment quitté Marion... Alors, ça n'a pas arrangé les choses... Elle s'est énervée. J'ai voulu partir, elle me retenait... Ça a été ça pendant deux jours...

Le soleil commençait à taper fort et Arthur sanglotait. Il fallait que je sache une chose. Je n'avais pas de remords ; j'avais agi avec une sorte d'instinct. C'était fait mais il fallait savoir ce que lui il ressentait.

— Arthur... tu l'aimais ?

J'ai posé la main sur son avant-bras. Silence en guise de réponse. Œil égaré.

— Arthur ?...

Il a paru s'énerver, a répondu, très vite :

— J'en sais rien. J'peux pas répondre à ça.

Il a plongé les yeux vers le sol.

— On fait quoi du corps ? il a fini par ajouter.

J'ai lâché un soupir de soulagement. J'aurais

voulu le prendre dans mes bras. La vie allait être belle maintenant. Je n'avais pas agi contre lui. Il ne l'aimait pas. C'était un geste sans conséquence. Restait la prudence.

— On va appeler la police, j'ai dit.

— La police !

Il a eu l'air emmerdé. Apeuré aussi.

— Tu veux pas la planquer dans ton jardin, quand même !

— Arrête, tu veux !

Il m'a empoigné par le bras.

— Arrête tes conneries, César ! Elle est morte ! Tu piges ?

Je me suis assis sur la petite table qui se trouvait là. J'ai pris une clope. Je l'ai allumée. J'ai aspiré une profonde bouffée :

— Et alors ? Tu l'as tuée ?

Il m'a regardé d'un air vaguement inquiet. Je l'ai attrapé par le bras au moment où il tournait les talons.

— Tu vas téléphoner ?

Il a répondu simplement :

— Oui.

— Arthur, j'ai dit. Garde ton calme. Elle s'est suicidée, tu m'entends ? Elle s'est suicidée... Nous, on est d'accord, mais peut-être que les flics le seront moins... N'oublie pas qu'on est chez toi, qu'elle était là pour toi, que plein de gens savent dans quelle histoire vous étiez, qu'ils pourraient témoigner, alors...

Il s'est dégagé de mon emprise, a reculé de cinquante centimètres, très énervé :

— Et alors... qu'on me soupçonne, c'est ça que tu suggères ?

— Arthur, ai-je dit d'une voix tranquille, en lui tendant le paquet de clopes, Arthur, je dis ça pour toi. Moi, j'étais avec Evie... Elle pourra témoigner. Nous on dormait pas... Alors, fais gaffe avec les flics... Ne dis pas qu'elle allait bien. Ça n'aurait pas de sens. Ça te foutrait dans une belle merde. Dis plutôt qu'elle allait mal, qu'elle t'avait menacé de le faire à plusieurs reprises, si tu ne quittais pas Marion, OK ? Et puis, elle t'avait pas prévenu qu'elle venait, non ? Elle a débarqué ici passablement désaxée, on est d'accord... Je témoignerai.

Il n'a pas répondu. Il a tourné les talons. J'ai encore dit :

— Arthur, fais gaffe...

Il s'est éloigné, et puis est revenu :

— Tu as une assurance qui me surprend..., m'a-t-il dit avec des yeux que n'aurait pas dédaigné un saint inquisiteur. Si j'osais, je serais prêt à penser que...

Je l'ai regardé froidement.

— *What a nice day !...*

Evie s'était avancée. Toute mignonne dans un peignoir en éponge, pieds nus. Elle a dénoué la ceinture de son peignoir, et puis, avec un grand sourire, s'est étirée, m'a embrassé sur la joue avec un « hello ! » à l'attention d'Arthur.

Elle s'est dirigée vers la piscine pour y tremper son joli corps... J'ai pris les devants, l'ai attrapée par l'épaule, détournée de l'endroit délétère. Je lui ai murmuré à l'oreille :

— Écoute Evie, le bain... ça va pas être possible...

— ...

Elle m'a regardé étrangement, m'interrogeant de ses jolis yeux verts qui ne comprenaient pas ce qui se passait, étonnés dans leur peignoir entrouvert. Je me suis jeté à l'eau.

— Tu sais... Il est arrivé quelque chose, cette nuit...

J'ai pris Evie dans mes bras, je lui ai parlé dans le creux de l'oreille, en la maintenant dos à la piscine. Arthur est rentré. J'ai emmené Evie à l'écart. Juste quelques pas dans le jardin qui, peu à peu, perdait sa rosée sous les feux convergents du soleil.

— Écoute, Evie... Est-ce que tu m'aimes ?

La question l'a fait rire :

— Tu es bête...

Elle a dit ça et puis, voyant mon air sérieux, ma main qui ne plongeait pas dans l'échancrure de son peignoir, elle m'a lancé un regard interrogateur :

— *What's happening ?*

Je l'ai fait asseoir en face de moi, dans l'herbe. Je lui ai tout dit. Pas tout, en fait, mais mon *daïmon* me disait qu'elle avait peut-être compris... Je lui ai dit que Chloé s'était suicidée, qu'elle avait beaucoup bu la veille, qu'elle prenait beaucoup de calmants, « comme quoi, tu vois où ça mène ces merdes », j'ai ajouté. Je lui ai dit qu'elle s'était noyée, qu'on ne savait pas vraiment pourquoi, que la police allait venir, mais qu'il ne fallait pas qu'elle s'inquiète, que rien n'allait arriver car nous n'y étions pour rien. Elle m'a demandé si j'étais sûr. J'ai dit oui gravement, en la regardant attentivement tout au fond de ses yeux verts magnifiques.

— Et il ne faut pas dire qu'on l'a vue près de la piscine cette nuit, n'est-ce pas ?

J'étais fier d'elle. Tellement fier, que je l'ai embrassée violemment. Arthur était revenu. Il nous regardait d'un air curieux, mais ne bougeait pas. Je me suis tourné à nouveau vers Evie :

— Evie... Nous sommes restés tous les deux près de la piscine... Tu peux même dire que nous y avons fait l'amour, oui, tu peux le dire.

Ses yeux brillaient d'une lueur coquine.

— Mais surtout, nous sommes rentrés juste après. Nous ne l'avons pas vue, d'accord ? Nous ne l'avons pas vue... Tu crois que tu pourras dire ça ?... Evie ?

Elle m'a regardé avec une attention extrême. Le bord de sa paupière s'est mouillé, une larme s'y est montrée, comme une petite bête qui pointerait son nez trop tard, devant le feu d'un fusil. La larme a dégringolé le long de sa joue. Et puis elle m'a serré dans ses bras :

— *I love you... I love you so...*

— *Trust me*, j'ai dit pour finir.

Nous nous sommes levés. Elle a remis en ordre son peignoir, m'a suivi. J'ai rejoint Arthur.

— Ils seront là dans dix minutes, il a dit d'une voix sourde, comme étranglée. Ses yeux semblaient cernés. Tout son visage était défait.

Je n'avais jamais vu en vrai, dans le vrai de la vraie vie, ce que ça faisait, dans un cœur de jeune homme, de voir débarquer près de lui le cortège bariolé de nombreux gyrophares — au moins deux, mais ça faisait déjà beaucoup pour moi —, de voir des flics sauter d'une voiture marquée POLICE, de voir des types en blouse sortir d'un gros véhicule blanc et rouge un brancard, de les voir repêcher un corps nu et froid au fond d'une piscine à l'eau transparente, de voir que ce corps, que vous connaissiez, avec ses seins copieusement aréolés, ses hanches larges, ce visage que vous aviez vu durant l'année se pencher sur les œuvres au programme, était proprement emballé dans une housse plastique de couleur noire. Je crois que sans la liqueur de poire je n'aurais pas tenu le coup. J'ai demandé à Evie de rentrer. Je ne voulais pas qu'elle voie ça. Mauvais pour ses nerfs. Ce n'était pas le moment de craquer. Arthur considérait le spectacle d'un air froid, sépulcral. Son faciès immobile avait l'air absent, ailleurs.

Ils ont voulu voir les affaires de Chloé. Arthur s'est exécuté. Ils l'ont suivi dans la demi-obscurité de la chambre. Ils ne trouvèrent aucune lettre d'adieu, aucun témoignage expliquant une quelconque volonté d'en finir. Arthur est ressorti, les a laissés s'affairer dans la pièce. J'ai cru bon d'aller lui parler, lui glisser simplement quelques mots à l'oreille. « Tiens bon... C'est un suicide... Un suicide... Tu n'y es pour rien... Elle allait mal, Arthur... »

Ils sont revenus satisfaits. L'enquête n'irait certainement pas plus loin : on avait trouvé un petit carnet noir plein d'une écriture assez fine où elle avait semblait-il consigné ses angoisses passées et présentes. Bien sûr, il y avait là le récit des souffrances endurées en cette année d'agreg, un très chouette document sur les conditions de vie psychologiques de la jeunesse sorbonnarde, mais, plus intéressant, le récit précis des dernières journées, l'arrivée d'Arthur à Paris, les deux jours passés là-bas, sa décision de venir le retrouver à Bordeaux, et puis quelques lignes rédigées un peu avant la mort, que le médecin légiste avait estimée à trois heures du matin. Ces quelques lignes, nous ne les verrions jamais, mais elles eurent l'air de satisfaire amplement les policiers et le légiste. Tout cela serait porté sur l'ardoise immémoriale, la liste XXL et éternelle des suicides adolescents et post-adolescents.

Ils nous ont interrogés pour la forme, séparément. Ils ont fait signer à Arthur un tas de paperasserie, lui ont demandé quelques renseignements pratiques. Et puis ils sont partis comme ils étaient venus. L'ambulance avait quitté la place depuis un quart d'heure. Elle emmenait avec elle le corps d'une agrégée de lettres modernes, reposant bleue et chlorée dans sa housse de plastique noir. Je me suis resservi un verre de liqueur de poire. Arthur a fermé la barrière avant de rentrer. Evie a pris ma main dans la sienne qui était chaude et ce fut tout.

Épilogue

Bons baisers de Kovalam

Je vous écris du Kerala. Une simple carte postale avant mon silence définitif. Une carte postale de nuit de ce petit État du sud de l'Inde. A quelques kilomètres à l'ouest de la pointe extrême du continent indien, on trouve une petite plage de sable noir et de palmiers verts : Kovalam. Un joli cliché, mais j'ai fini par croire que, désormais, il n'y a que les clichés qui résistent. On avait droit, après tout, à notre voyage initiatique. Ailleurs plutôt qu'ici, et loin plutôt qu'à côté, quoique aujourd'hui toutes les destinations soient accessibles en un coup de carte bleue. L'Inde, ça nous paraissait mieux qu'un séjour échangiste au cap d'Agde ou une semaine au Club, pension complète. Il avait fallu prendre une décision rapide. Le Bordeaux-Bombay avec escale à Istanbul tombait décidément très bien. Evie rêvait de porter le sari comme sa mère l'avait fait vingt ans plus tôt à Manali, et j'avais quant à moi un mariage à annuler. Evie a cru bon de prévenir ses parents : ils ont failli avaler leur téléphone cellulaire. Mais Evie les emmerdait, comme j'emmerdais désormais toute la planète. Là où les autres s'arrêtaient, j'étais allé jusqu'au bout, voilà tout. Du coup, on a reçu un bon paquet de dollars en prime, arrivés par mandat express à l'Union Bank de Madurai : Fifille adorée ne manquerait de rien. Les vaccins, les visas, le frémissement de la carlingue, l'odeur de pisse à l'arrivée... Tout est allé très vite. Je me demande parfois si Evie a deviné.

A l'heure qu'il est, la tête lui tourne. Son corps transpire dans le petit cabanon léché par la langue corrosive du sel. Le bruit régulier de la mer rythme son sommeil. Je termine un poisson en regardant la lumière du phare caresser la crête des vagues et la proue des barques de pêcheurs, avant de la rejoindre. Je pense aux derniers mots d'Arthur, murmurés à mon oreille dans le hall de l'aéroport : « Chloé était enfin heureuse ; elle voulait vivre avec moi... Elle n'a pas pu se suicider... » J'avais haussé les épaules. J'ai pensé lui avouer que cela ne l'avait pas empêchée de se planter nue devant moi le soir même, et puis je me suis dit que tout cela ne m'intéressait plus.

Je retourne vers le cabanon de mauvais bois. Je marche sur le sable noir avec dans ma main un verre brûlant. Un liquide orangé au parfum de gingembre que m'a donné le propriétaire de la petite gargote pour soigner « ze bioutifoul miss ». Après l'avoir goûté, j'ai dit à Ravi que je trouvais le mélange un peu dur pour un estomac occidental. Il a répondu tranquillement qu'il y a des lustres que les Occidentaux ne s'aventurent plus par ici.

La porte grince. Il fait humide. Les draps sont imprégnés de sel et de sueur. Elle a encore maigri.

Tout ici sent la fièvre et la maladie, peut-être la mort, ce qui me donne en retour une formidable envie de vivre. J'ai confiance. Je vois cette maladie comme un passage nécessaire. J'ai connu ça l'année d'avant, la même fièvre qui vous dépouille de tout ce que l'Occident a mis en vous. Je dis des conneries. Nous partirons demain si tout va bien. Je me glisse dans les draps brûlants. Je porte aux lèvres d'Evie le breuvage qui la remettra d'aplomb. Elle me sourit faiblement mais je jubile en voyant poindre au fond de ses yeux de malade une lumière pleine de promesses. Demain je l'épouserai dans le temple où j'ai épousé l'autre. Elle sera belle en sari, notre nuit de noces exquise. Qu'importe le reste ? Je sais aujourd'hui que nous avons plusieurs vies, que j'ai envie d'être bêtement lyrique, et que les efforts finissent toujours par payer.

Août 1998, Octeville — Terre Albine — Octeville.

Tout ici sent la fièvre et la maladie, peut-être la mort, ce qui me donne en retour une formidable envie de vivre. J'ai confiance. Je vois cette maladie comme un passage nécessaire. J'ai connu ici l'année d'avant la même fièvre qui vous dépouille de tout ce que l'Occident a mis en vous. Je dis des contraires. Nous partirons demain si tout va bien. Je me glisse dans les draps brûlants. Je porte aux lèvres d'Evie le breuvage qui la remettra d'aplomb. Elle me sourit faiblement mais je jubile en voyant poindre au fond de ses yeux de malade une lumière pleine de promesses. Demain, je l'épouserai dans le temple où j'ai épousé l'autre. Elle sera belle en sari, notre nuit de noces exquise. Qu'importe le reste ? Je sais aujourd'hui que nous avons plusieurs vies, que j'ai envie d'être bêtement lyrique, et que les enfants finissent toujours par grandir.

Août 1998, Deauville — Ferme [illegible] — Orgeville.

Table

Linda LÊ
Voix
Lettre morte
Olivier MAU
Un bon petit gars
Alain MONNIER
Signé Parpot
Un amour de Parpot
Côté jardin
Les ombres d'Hannah
Richard MORGIÈVE
Un petit homme de dos
Ma vie folle
Jean-Pierre OTTE
Petite tribu de femmes
Anthony PALOU
Camille
Xavier PATIER
La foire aux célibataires
Les Trentenaires
Valérie SAUBADE
Happy birthday grand-mère
Annie SAUMONT
Je suis pas un camion
Noir comme d'habitude
Laurent SEKSIK
Les mauvaises pensées
Valérie SIGWARD
Comme un chien
Vincent de SWARTE
Pharricide
Requiem pour un sauvage
Jean TEULÉ
Darling
Balade pour un père oublié
Bord cadre
Karine TUIL
Pour le pire

Achevé d'imprimer sur les presses de

BUSSIÈRE

GROUPE CPI

à Saint-Amand-Montrond (Cher)
en mai 2003

POCKET - 12, avenue d'Italie - 75627 Paris Cedex 13
Tél. : 01-44-16-05-00

— N° d'imp. : 33014. —
Dépôt légal : juin 2003.

Imprimé en France